ANA AGAR:
epifania de encantados

ROMANCE

HUMBERTO B. LEAL

ANA AGAR:
epifania de encantados

novo século®

SÃO PAULO, 2016

REALIZAÇÃO
Novo Século

DIAGRAMAÇÃO
Smgbooks

REVISÃO
Humberto B. Leal

CAPA
Nino Moreira

Dados Internacionais de Catalogação na Publicação (CIP)
(Câmara Brasileira do Livro, SP, Brasil)

Leal, Humberto Batista
Ana Agar : epifania de encantados / Humberto B. Leal. -- Barueri, SP : Novo Século Editora, 2016.

1. Romance brasileiro I. Título.

16-01352 CDD-869.3

Índices para catálogo sistemático:

1. Romance : Literatura brasileira 869.3

NOVO SÉCULO EDITORA LTDA.
Alameda Araguaia, 2190 – Bloco A – 11º andar – Conjunto 1111
CEP 06455-000 – Alphaville Industrial, Barueri – SP – Brasil
Tel.: (11) 3699-7107 | Fax: (11) 3699-7323
www.novoseculo.com.br | atendimento@novoseculo.com.br

Dedicatória

Este livro é dedicado à minha mãe, Ana Célia, que me introduziu, em meus tempos de menino, no mundo da fabulação com relatos fantásticos e revistas em quadrinhos. As outras leituras, grandes e menores, só chegariam muito tempo depois.

Humberto B. Leal

Sumário

Prólogo

Ao escrever as primeiras palavras deste romance, pensei em parodiar Machado de Assis, em seu fenomenal *Memórias Póstumas de Brás Cubas*. Menos difícil seria esta autopsicografia, eu diria simplesmente: "Ao verme que primeiro roeu as frias carnes do meu cadáver, dedico como saudosa lembrança estas Memórias Póstumas". Mas desisti das fórmulas de plágio e dos contatos sobrenaturais e, deste modo, me aventuro mais uma vez na inaudita experiência de escrever por minha própria conta. Antes de tudo, entretanto, quero dedicar estas memórias a Ana Agar, heroína dos desertos, feiticeira das encruzilhadas, santa dos primórdios, que me deu, numa noite de outono medieval, a honra de uma dança ao som de harpa e um amor sem fim. Ainda hoje, cumprindo a palavra empenhada, nós dois preservamos o pacto contra o esquecimento e conservamos ainda, intacta em nossas lembranças, uma aquarela onde se veem dois amantes clareados pela Lua e animados pela paixão.

Neste lugar onde não há tempo e tudo é eterno, me foi dado o direito de viver numa modesta casa situada sobre um morro de vegetação rala, desde que deixei de existir entre os homens. Daqui diviso uma estrada de pedregulhos que conduz invariavelmente ao Norte e ao Sul. Ao Norte, pode-se avistar no horizonte o contorno das cidades humanas, de onde me vêm os rumores de intensas, efêmeras e irremediáveis paixões. Lá eu já estive, embora não lembre quando. Ao Sul, região de clima frio e pouca claridade, todos os caminhos terminam inevitavelmente num rio de águas muito geladas, em cujas margens geralmente o terrível Cérbero, guardião do reino de Hades, monta guarda. Ele, numa gôndola veneziana, cruza essas águas escuras, transportando as agoniadas almas fadadas às sombras. Quase nunca o sol aparece por lá, como é de se supor. Faz constantemente frio e costuma nevar muito. Não é que lá haja inverno, é que as sombras estranhamente produzem essa aparente estação de ano justamente onde não existe tempo, fazendo cair uma neve não em forma de flocos, mas de pensamentos sombrios e enregelados. Ruídos de todos os tipos se fazem escutar, desde uivos de lobos a gritos humanos, desde estrondos de avalanches a sons de tempestades, desde toda e qualquer gritaria até a última sonoridade do terror, que é o silêncio da escuridão.

Aqui, todavia, em meu recanto, o céu é estrelado. Pontilhado de infinitas constelações. Tantas que deus algum poderia contá-las com precisão. Eu tenho os meus olhos permanentemente fixados numa delas, a que cintila mais que todas as outras. No meio dessas estrelas vive a mulher que um dia há de voltar para os meus braços. Talvez seja esta a razão de eu escrever tantos poemas sobre estrelas cadentes. Na realidade, os meus versos celebram não a resplandecência das estrelas, mas sim o brilho altivo dos olhos de Ana Agar, a maneira como me fitava quando nos amávamos em noites de lua-cheia.

Este livro resultou de uma epopeia de amor que vivi com Hécate, primitiva deusa de um mundo muito antigo. Foi ela quem, disfarçada de escrava, dormiu com Abraão durante a esterilidade de Sara, nos primórdios dos tempos santos. Conhecida por sua magia e por seus aparecimentos inesperados na claridade do luar, ela participou de muitos conflitos na Antiguidade. Entre os romanos, no papel de Diana, ela inspirou governantes e comandou centuriões antes de Roma ser chamada por João, na ilha de Patmos, de a Grande Besta. A mim ela se apresentou, primeiramente, como Maria da Terra, uma rainha das encruzilhadas brasileiras. Vivemos uma linda história de amor, que eu, recolhido à visceral solidão desta existência abstrata, recordo em meio aos meus alvoroços de homem apaixonado.

Longe dela, sou um homem de vento, que já não reflete nos espelhos. Tenho a chave dos mistérios e dos medos, não me preocupando mais com essas questões simplórias que tanto afligem as pessoas: coisas como a morte, a finitude, a eternidade, o que existiu antes, o que virá depois. Nada disso tem importância diante do fato de que somos, a um só tempo, perecíveis e eternos. Viver e morrer são apenas dois verbos, do mesmo modo que *vida* e *morte* são dois substantivos. Que significam verbos ou substantivos para quem se situa hoje além das gramáticas?

Houve época, contudo, quando eu ainda perdia tempo com verbos e substantivos, que um espanto se apossava de mim diante da simples ideia da morte e do que poderia acontecer comigo. Agora eu me assombro com esta perpetuidade quase insuportável, sem contornos, como o vácuo, esta condição de alma sem mais carne, sem mais ossos, sem mais sangue, sem mais cheiros, sem mais sabores. Impossível decifrar o inefável. Impossível relatar o terrível.

Encontro-me, agora, debruçado sobre planícies, rios, montanhas, oceanos, uma infinidade de lugares. Tenho à vista muitos pássaros inquietos, multidões aflitas na solidão das metrópoles, povoados que crescem e cidades que se extinguem. Só posso contemplar o que não me é mais possível tocar. Neste lugar sem tempo, capengo entre as ideias, condenado a incessantemente pensar e lembrar. Cheguei a esta fase em que nos convertemos não em anjos ou demônios, mas primeiro em reminiscência e depois em esquecimento.

Esquecido das vozes de todos os personagens longínquos de minha história desfeita, eu demorei em entender que a morte não passa de um eterno fluxo de lembranças em redemoinho. Estar morto é um complexo estado de espírito, que ainda não consigo simplificar e expor claramente com palavras. Quando eu souber dizer o que isto significa, talvez se complete em mim o sentido dos meus enigmas que não logrei interpretar.

Demorei muito em me acostumar a este voo de sentido circular, tardei demais para aprender a flutuar entre o ponto zero da vida e o infinito das ideias. O azimute dos círculos me conduziu a um mundo onde os espíritos continuam a viver. É com eles que divido o privilégio de fazer versos e inventar destinos. Fascina-me este relato póstumo com que tento ser lembrado, porque, no final das contas, a única imortalidade servível é a que fica na memória dos outros, e a única morte irreversível é a que acontece no esquecimento alheio.

Neste livro há vestígios de remotas conversas travadas nos céus, nos desertos, nas encruzilhadas, nos prostíbulos, nas igrejas, nos botequins e nos esconderijos, desde os tempos em que os imperadores se encontravam para celebrar conquistas e tramar ardis, e os pobres se rebelavam nas tabernas, e os revolucionários morriam na ponta das baionetas, e os poetas blefavam para mulheres sonhadoras.

Heróis, reis e plebeus que viraram primeiramente lendas e depois deuses, chegaram ao planeta, segundo as narrativas dos povos tanto do Ocidente quanto do Oriente, e desmancharam a escuridão original, entre esperanças e controvérsias, para criar um tipo de vida e história marcado por dialética e violência. Semearam os campos, levantaram castelos e igrejas, constituíram exércitos e hostes sacerdotais, dançaram à luz do sol e da lua, amaram-se profundamente para reproduzir uma prole mais abundante que as estrelas do céu e se dilaceraram uns aos outros com guerras intermináveis e estúpidas. É justamente dessas épocas que vêm estas histórias que agora descrevo.

Apaixonei-me pela política, pelas guerras, pelo romance, pela pompa, pelas intrigas das cortes, pelas revoluções, pelos motins, pelas utopias. De todos esses episódios, resultou uma história de amor prodigiosa, a recordação dos acordes de uma harpa, a fábula de Ana Agar.

Capítulo 1 – Gênese do poeta

Aconteceu numa tarde de temporal: minha mãe gritou da janela para ser ouvida pelos vizinhos. Tivera um sonho e precisava de alguém que pudesse interpretá-lo. Um menino pobre, que adorava tomar banho de chuva sentado na calçada, levantou-se assustado. Com pressa, ele atravessou a rua e bateu na primeira porta que encontrou. Apareceu-lhe uma mulher de fisionomia serena, pronta para escutar o que já esperava ouvir.

O menino reconheceu a vidente, a mulher a quem todo mundo consultava para adivinhar os dias de sorte e azar. Com um véu na cabeça e um terço na mão, ela firmou o olhar e riu. Depois de escutar a criança, fez o sinal da santa-cruz e caminhou até o meio da rua. Aos brados, chamou os vizinhos e, três vezes seguidas, com os braços abertos e os olhos fixos no céu, anunciou a iminência de um milagre.

A vizinhança apareceu. Minha mãe recebeu a vidente e contou-lhe o sonho. Lá fora, encharcados, homens, mulheres, crianças, velhos, os cachorros perebentos da rua e até os gatos que fugiam da chuva, todos queriam entrar na casa. Mamãe trancou a porta rapidamente e disse à vidente que ela despachasse os curiosos.

A vidente chegou até a janela e falou aos vizinhos sobressaltados, revelando-lhes que um poeta iria nascer naquela rua de tristezas. Alguém perguntou o significado da palavra *poeta*, mas ela não se interessou pela pergunta. Só sabia dizer, eufórica:

— Um poeta! Um poeta!

Todo mundo se convenceu de que *poeta* queria dizer um *deus da rua, um santo de casa,* um *querubim do infinito,* um *menino prodigioso.* Aquele que nasceria como um santo e transformaria aquele lugarejo miserável em algo de esplendor. Todos gritaram de contentamento e se abraçaram felizes, porque Deus, pelo menos na aparência, tinha, finalmente, se lembrado deles. Relampejava, parecia noite, mas o Sol brilhava acima das nuvens escuras. Talvez esse tenha sido o verdadeiro milagre anunciado pela vidente: com suas frases incoerentes, ela renovou, naquele povo cético e fatigado de tantas rezas, a esperança, a credulidade, a sensação de que suas vidas tinham algum préstimo.

Isso aconteceu pouco antes de eu nascer. Eu ainda era somente o silêncio do nada, mas, no exato instante em que a vidente acabou de falar na janela, um sopro de vida entrou pelas narinas de minha mãe, um vento úmido com gosto de musgo. Ela arregalou os olhos, fez uma careta de dor, pôs as mãos em cima da barriga e disse:

— Chegou a hora!

***

Nos livros sagrados, mãe de predestinado é quase santa. Está sempre escrito, na história dessas mulheres abençoadas, que, numa noite imprevista, elas são amadas por um espírito santo ou profanadas por um demônio libertino. Há descrições frequentes da vinda de um anjo que, sorrateiro, entra pelas frestas da casa, para se apossar dessas mulheres. Estranhamente, no meu caso, nenhuma divindade se apresentou. Nem um deus menor, nem um anjo decaído de segunda classe.

Faltou ainda alguém me dizer o porquê de eu vir à vida em um lugar tão miserável. Eu, antes acostumado a uma existência ao lado de reis que faziam e venciam guerras! Eu, que na ausência dos imperadores, fascinava nas camas as rainhas e princesas abandonadas! Eu, que havia percorrido a vastidão dos impérios e conhecido a solidão inimaginável dos mortos, me surpreendi na barriga de uma mulher maltratada pela miséria!

Não foi um anjo formoso quem apareceu àquela mulher extenuada das peripécias de um dia comum, para anunciar-lhe um encontro de amor. Firmando os sonhos e a fé pródiga, mesmo abandonada pela sorte, ela ainda chegou a esperar algo inusitado. Lembro-me de que ela, ajoelhada diante de um santo de argila, almejou ouvir um canto divino – “*Salve!*

Bem-aventurada és tu entre as mulheres...". Não havendo isso escutado, desanimada deitou-se para sonhar. Agarrou-se com o travesseiro, escondeu-se debaixo do cobertor surrado, rezou como o fazia todas as noites e dormiu depressa, entorpecida por ideias divinas.

Durante a madrugada, todavia, um homem comum despertou-a e trouxe-a de volta para a aridez de seu velho mundo. Nada mais, nada menos que o próprio marido, completamente embriagado, cheirando a cachaça e a perfume de outras mulheres. O bêbado se deitou por cima dela e lhe deu uma ordem para que se aprumasse, afastasse as pernas, abrisse a boca e oferecesse o coração, porque ele precisava fornicar antes de dormir. Obediente, ela se deixou violar. Não obstante, disfarçando a dor, ainda teve discernimento para fechar os olhos, retornar aos sonhos de que estava dentro de céus e fingir que escutava meiguices de um deus benevolente. Rendeu-se:

— Faça-se em mim a vossa vontade! Eis aqui a vossa serva...

***

— Estou sentindo as pontadas! – avisou minha mãe, com as mãos na barriga.

— Eu mesma vou fazer seu parto – disse a vidente, que conhecia bem o ofício das parteiras.

— Então faça logo, pelo amor de Deus.

Nasci durante a tempestade.

A vidente gritou lá de dentro para o povo que esperava debaixo de chuva no meio da rua:

— É um menino! Eu não disse? É um poeta!

Lá fora, a multidão, sem compreender, exaltou-se:

— É um menino! É um poeta!

Foi uma gritaria de felicidade.

Então, a vidente novamente veio até a janela e, segundo um hábito local, chamou o homem mais idoso do bairro, um senhor de noventa e dois anos de idade, um negro trovador de tabernas e que também cantava os mais belos pontos de umbanda num terreiro de Ogum. A ele a mulher atribuiu a tarefa de dar um nome à criança.

Meu pai, que havia acabado de chegar, perguntou o que estava acontecendo. Alguém lhe deu conhecimento da história, e ele disse que, como pai, é quem teria o direito de pôr o nome no filho. A vidente contestou:

— Fica quieto ou te jogo um feitiço.

E se voltou para o trovador de taberna:

— Preto, diz o nome da criança!

— Jorge...

—Por que Jorge, preto?

— Porque "Jorge" lembra "terras aradas"...

— Jorge de quê?

— Jorge Canto!

— E por que Jorge Canto, preto?

— "Canto" é para lembrar a barulhada bonita dessa chuva, desses trovões, desses relâmpagos. O resto do nome fica por conta da família. Assim vai ser: Jorge Canto e o sobrenome da família.

— Então está feito, preto.

Minha mãe interveio:

— Para que tanta discussão em torno de um nome?

— É necessário que se faça assim – disse a vidente.

Meu pai quis falar algo. Outra vez a vidente lhe apontou o dedo na cara.

— Calado! Onde tu estavas na hora em que tua mulher mais precisava de ti? Melhor calar tua boca.

— Quem tu pensa que é, hein, mandingueira?

— Ponho teu nome na boca dum sapo morto. Não te mete comigo. Vim aqui cumprir uma missão. Anunciar o nascimento desta criança. Jorge Canto nasceu.

***

Dias depois, houve festa na rua. Houve cantoria, houve ciranda, houve fogueira. Houve reza de igreja, houve festa no terreiro de Ogum. Animados, os homens trouxeram mesas, cadeiras, cachaça, cerveja, violões, enquanto as mulheres providenciaram comida. Longa festança em minha homenagem. Como raras vezes se via naquele lugar. Uma festa de rei para um simples poeta numa terra em que a maioria era analfabeta.

De onde aquela vidente havia extraído essa ideia louca de que a poesia poderia ser antídoto para a miséria da existência daquelas pessoas? Ou de que, por vias oblíquas, Deus pudesse se manifestar por meio de versos escritos por um poeta nascido entre ignorantes e miseráveis?

O mais enigmático talvez fosse o fato de uma mãe de santo ter sido alertada por suas almas sobre algo incompreensível: que um poeta viesse a nascer entre rudes e analfabetos. Que sentido haveria nisso? – ela deve ter se indagado a si mesma. Não se preocupou em desvendar o sentido dos mistérios. Acreditou estar diante de um enigma sacralizado e agiu com o mesmo desvario de todas as pessoas que imaginam ter visto ou ouvido Deus. Uma questão de fé. Ou de loucura. Não é para se discutir. Ali, enfim, estava o poeta para converter em vida alegre todos os desamparos.

Os mais velhos opinavam que nascera alguém para ser o Presidente da República, alguém que mudaria o destino dos arruinados. Outros, inconformados com a miséria, contaminados pelas mensagens revolucionárias que agitavam os sindicatos e as fábricas, afirmavam que eu seria o comandante de uma guerrilha e que devastaria os poderosos e seus lacaios. Por sua vez, as mulheres se contentavam em opinar que eu poderia benzer e mudar seus maridos, para que houvesse um pouco de afeto e fidelidade em suas camas. Os homens, exacerbados nos ânimos pela bebida e pelo furor da ideologia, riam dessa credulidade feminina e enfatizavam que eu comandaria exércitos populares e instalaria o socialismo no país. Meu pai, um incrédulo bêbado, que não acreditava no amor e tampouco nas revoluções, meteu-se no meio daquela gente e perguntou o porquê de se falar tantas asneiras. Ninguém lhe deu atenção, e ele voltou a beber sozinho.

Acendeu-se uma grande fogueira na rua. Os homens agitavam os atabaques, a vidente dançava. Ela usava uma máscara dita sagrada, dando três passos adiante e sete para trás, imitando uma deusa das encruzilhadas, dançando com as mãos nos quadris. Parecia uma cigana de outro mundo, bailando uma mistura de ritmos libertinos e sobrenaturais. Quando ela passava, todos se curvavam e entrelaçavam as mãos, em sinal de respeito, porque se dizia que quem ali dançava não era mais a mãe de santo e sim uma pombagira que vinha de muito longe para proteger o cortiço e sua gente pobre.

Cantava-se um ponto de umbanda. O alvoroço da dança e da cantiga ressoou dentro de mim e foi me fazendo esquecer a vida passada ao lado de reis guerreiros e rainhas abandonadas. Em vez dos castelos de outros séculos, distingui a ruína e o musgo do cortiço, suas casas cinzentas, suas ruelas encardidas, sua pobreza. Eu estava de volta, mais uma vez, ao Norte, onde se situam as cidades humanas.

Chorei quando vi, pela primeira vez, aquele mundo obscurecido. Pensando que fosse fome, minha mãe me deu o peito. Ela nem imaginou que eu chorava de pesar. Perto da fogueira, a vidente, de súbito, parou de dançar, fitou com espanto o céu e abriu os braços, atingida repentinamente por um golpe forte de vento. Com a ventania inesperada, os atabaques e os violões silenciaram, todos emudeceram. A mulher tombou com a mão direita sobre o peito esquerdo, sem ninguém saber que ela sofria de sopro no coração.

Minha mãe guardou os seios na blusa e entravou o grito na garganta. Vi então uma espécie de fogo vindo do céu, ou talvez fossem somente as labaredas estalando da fogueira, quem pode garantir o que veem os olhos de uma criança? A mãe de santo, estirada na rua, ainda arrumou forças para dizer que voltaria a se encontrar comigo quando chegasse o tempo de eu viajar pelo Inferno. Suas palavras se referiam a um encontro que eu viria a manter com Belzebu, o Lúcifer de Patmos, muito tempo depois, na hora de enfrentar o Mal em nome do meu amor por Ana Agar.

De repente, vimos o vulto despregando-se do corpo da vidente. O espectro se esticou todo para frente e se deixou levar pela ventania. Ainda me lembro dessa alma cruzando o céu iluminado pela lua-cheia.

Capítulo 2 – O cortiço

Sempre tive o hábito de guardar fotos e recortes de jornal. Não me é mais possível, em minhas atuais condições, remexer retratos e papéis velhos para clarear a memória, capturar as coisas em sua fugacidade, impedir a extinção do cotidiano. Sou agora um pensamento dentro do qual se conservam retratos, papéis velhos, ruas antigas, casas musguentas e vizinhança alvoroçada, os olhos de uma mulher, o sabor de beijos, a quentura de abraços, tudo isso misturado com as coisas que ainda vão acontecer. Só mesmo estando aqui para viver, sem espantos desnecessários, essa mistura de passado, presente e futuro. Deus do céu, meus olhos agora só enxergam sob uma perspectiva mesclada de tempos opostos: quando olho para frente, o que faço é contemplar o que está lá atrás, porque tudo o que desejo é dar vida ao que já não existe. O que mais quero é reencontrar minha cigana, rever Ana Agar.

Fui menino pobre e de memória singular. Eu decorava tudo: datas, acontecimentos, histórias de todos os tipos. Quando meu pai se reunia com os amigos para beber cerveja, me colocava no meio da roda e apostava com os outros quem era capaz de fazer alguma pergunta que eu não soubesse responder. Os companheiros de papai se preparavam durante uma semana para esses encontros. Meu pai me mandava decorar umas revistas de curiosidades e fatos históricos, e era em torno disso que se davam as disputas. Às vezes, algum daqueles homens quebrava as regras e fazia uma pergunta fora do combinado. Eu respondia sem pestanejar. Todos se espantavam, lembrando-se da vidente e dizendo que eu devia ter parte com o demônio e que um espírito soprava nos meus ouvidos. Papai gargalhava e não queria saber de videntes ou demônios, interessando-se apenas pelo dinheiro que recolhia dos outros.

Hoje sou pensamento que lembra e antevê, ora estou no passado, ora no futuro. Homem de vento. Ainda assim, aflito por saudade e anseios. É recompondo o passado que vou trazer de volta, daquela constelação que mais brilha entre todas as outras, a mulher de olhos castanho-escuros e cabelos negros compridos até o meio das costas. Ana Agar.

***

Certa vez, um prefeito – mal-intencionado e disposto a incendiar o cortiço – teve de enfrentar a rebelião dos moradores, que haviam se insurgido com armas enferrujadas e facões pouco amolados. Dizia-se nos jornais que aquele lugar enfeava a cidade, que era esconderijo dos marginais, que as bactérias e os vírus se multiplicavam naqueles becos sombrios, que os males precisavam ser extirpados e que a boa sociedade deveria se preocupar seriamente com as questões de urbanização e higienização do município. Durante semanas, os dois jornais da cidade propalaram essa tese de que era preciso erradicar as favelas malcheirosas e esteticamente horríveis.

O prefeito chegou, rodeado de asseclas e forças policiais, dizendo que vinha cumprir seu dever cívico em nome da maioria dos eleitores. Mas teve de debandar diante da resistência encontrada, da coragem férrea dos insurgidos, que não se amedrontavam com o risco de ser preso ou morrer. Havia naqueles homens e naquelas mulheres uma coragem forjada na vida difícil: quanto mais estorvo, quanto mais assombração, mais fé, mais força, mais determinação.

O cortiço era uma verdadeira fortificação, com seus muros encardidos e corredores musguentos. De vez em quando, chegava gente de fora, com anúncios de jornal, perguntando se havia quarto para alugar. Geralmente, eram migrantes que invariavelmente vinham apostar numa vida melhor na cidade. Logo se juntavam aos demais, passavam a integrar o cotidiano do cortiço, a disputar espaço no varal de secar roupa, a brigar na hora do uso das privadas coletivas, a viver aquela vida marcada de fatalidades, falta de dinheiro, pouca comida na mesa, torneiras sem água, quartos calorentos, esgotos a céu aberto, ruelas fétidas, a polícia dando batida no meio da noite, entrando nos quartos à base de grito e pontapés. Para compensar esses atropelos, havia, na época das festas religiosas, as quermesses na paróquia, as giras no terreiro de Ogum, as fogueiras e os fogos de artifício nas festas juninas, a ciranda das crianças, as conversas das pessoas no meio-fio, a vitrola e a cerveja do botequim. Encontrava-se, entre tantos embaraços, um jeito de se rir, um motivo para se ficar alegre. Mesmo que fosse alegria efêmera. "Antes pouco que nada", assim diz um provérbio.

Vez ou outra, entre esses migrantes, uns marginais se aproveitavam da ocasião para se esconderem por lá. Depois de certo tempo, eram descobertos pela polícia, que, no meio da madrugada, aparecia de sirene ligada e as armas disparando antes de qualquer pergunta. As balas furavam as paredes. Todo mundo se jogava no chão, se escondia debaixo das camas, com medo de ser varado pelos tiros. Feita uma trégua, os homens se levantavam e iam dialogar com os policiais, pedindo respeito para os moradores, que eram pobres, mas não bandidos. Os policiais discutiam, perguntavam pelos fulanos procurados pela lei e só iam embora levando dois ou três presos e, por que não dizer?, às vezes deixavam na calçada uns cadáveres que ficavam mofando até serem recolhidos, horas depois, pelo rabecão do Instituto Médico-Legal.

***

Uma vez, uma vizinha, de tanta tristeza com a morte do filho num surto de meningite, teve uma parada cardíaca fatal. O marido, atormentado pela dupla tragédia, a de perder mulher e filho, começou a enlouquecer e só se salvou depois de recorrer aos préstimos da Igreja e do terreiro de Ogum. Apesar de tanta religiosidade, só veio a encontrar a salvação fora dos lugares sagrados, mais precisamente no espaço profano de um prostíbulo, onde se apaixonou por uma moça da vida, com quem resolveu viver junto, levando-a para seu quarto no cortiço. As vizinhas, amigas da viúva, invejosas e revoltadas, dizendo-lhe que ele havia perdido o respeito pela memória da esposa, atazanaram a paciência dele e perseguiram implacavelmente a moça. Os dois se viram pressionados a mudar de endereço. Estranha moralidade de ressentimento. Mas as coisas funcionavam assim mesmo.

***

Nessa mesma época, um homem tímido foi justiçado por um vizinho depois de ter sido flagrado espiando a mulher do outro pelas frestas do banheiro coletivo. Todo mundo escutou o tiro que, em plena tarde, retirou-lhe a vida. Aglomerou-se gente para ver a cara do morto, o sangue no cimento, enquanto a polícia irrompia pelas ruelas disparando para o alto e mandando homens, mulheres e crianças se deitarem com a cara encostada no chão. O assassino dizia que fizera o certo, o revólver fumegando em suas mãos, o cadáver estendido no chão, mulheres fingindo em público um alívio mentiroso e chorando em segredo por aquele homem para quem elas gostavam de se exibir, secretamente, enquanto tomavam banho e trocavam de roupa.

***

O pároco era um antigo menino do bairro, enviado ao seminário por uma madrinha muito beata que confiava na capacidade teológica de seu afilhado. O padre José, mesmo havendo estudado minuciosamente os Evangelhos, continuava a acreditar nas simpatias populares, na força das mães de santo e na habilidade das ciganas em adivinhar o futuro pela leitura das mãos. Depois de rezar a novena em louvor da Nossa Senhora do Perpétuo Socorro, na época das festas juninas, o padre José apanhava um copo de água benta e se ajoelhava perto da fogueira, concentrado numa prática popular de adivinhação. Todos se admiravam diante daquele rapaz de riso ambíguo, ignorando, no entanto, suas ambições que nada tinham a ver com a vida desapegada à maneira de São Francisco; ao contrário, primeiro, ele queria se tornar bispo, depois cardeal e, por último, ser papa e viver na riqueza do Vaticano. Para chegar a tanto, valia a pena tanto ecumenismo com as mães de santo, porque, segundo ele, só chegava às alturas da hierarquia eclesial quem soubesse manejar muito bem os artifícios do poder –

a bajulação, o maquiavelismo, a racionalidade inescrupulosa – e os pactos da magia, que implicavam, acidentalmente, negociar com os demônios, apelar para misticismos, bruxas, duendes, diabos de variadas categorias. No entanto, para o povo, geralmente propenso a acreditar somente naquilo que vê à luz do dia, fazia bem ver aquele padre demonstrar tanta tolerância com as manifestações religiosas dos mais rudes, tanta complacência com os "desvios de fé" dos que, mesmo indo à missa se comungar aos domingos, nunca abriam mão de uma conversinha com o preto-velho ou com o caboclo no terreiro de Ogum.

— Vá ao terreiro, se proteja com seus santos, mas se lembre de qual Deus comanda todos os demais... – dizia o pároco, amigo de todos.

***

Quando menino, eu me amedrontava com o noticiário noturno no rádio de pilha. O locutor anunciava tragédias passionais, crimes políticos, mortes brutais, fins dos tempos. Minha mãe afirmava que os Evangelhos sinalizavam o Apocalipse, porém o meu pai fazia pouco caso das Santas Escrituras, considerando um desperdício de tempo preocupar-se com os prognósticos da Bíblia.

Com o passar do tempo, o cortiço foi se esvaziando. Os vizinhos foram se mudando, incapazes de continuar a conviver com as doenças, as atribulações, os dramas diários, as mortes repentinas, os tiroteios de madrugada, os queixumes das visagens. Exato, faltou dizer isto: também éramos perturbados pelas almas dos mortos, que costumavam assombrar a vizinhança, arrastando correntes, rangendo dentes, chorando à toa, pregando peças nos mais crédulos. Não bastassem a polícia e os bandidos com suas carabinas, tínhamos ainda de suportar o desplante das almas penadas.

Como nem o padre José nem as mães de santo davam jeito no atrevimento dos fantasmas, todos se conformaram com a hipótese de que o cortiço estava amaldiçoado. Dizia-se que o prefeito, também dado às magias, havia encomendado, em algum barracão de candomblé, um feitiço letal contra nós. Ninguém aguentou mais as incessantes investidas do prefeito e seu estado-maior. E, dia após dia, os moradores foram se rendendo às investidas da Prefeitura e das empreiteiras, desistindo de lutar e resolvendo mudar dali para qualquer outro lugar.

Certo dia só ficou minha família.

O cortiço ficou do tamanho de uma cidade em ruínas. Uma grande cidade mal-assombrada. Grande demais para todos nós, que éramos tão poucos.

***

Veio então o medo. Cedo ou tarde, a Prefeitura conseguiria demolir o cortiço. O prefeito chegou a afirmar, em pronunciamento pelas rádios e pelos jornais, que era preciso urgentemente desinfetar aquela parte da cidade e ali construir um centro comercial.

Sem mais os antigos rebeldes, desaparecidas as espingardas obsoletas e os facões pouco amolados, nada mais impediu o prefeito de cumprir o seu arraigado desejo de exterminar aquele foco de bactérias, revoltas e assombrações.

Não houve surpresas. O prefeito se municiou de mandados judiciais, do apoio dos ricos e da classe média, dos bancos e das empreiteiras, dos editoriais dos jornais conservadores e das opiniões de médicos sanitaristas, para justificar a decisão de erradicar a favela. Chegou a anunciar nas rádios da cidade um prazo de quarenta e oito horas para que os remanescentes se retirassem sem resistência. Expôs os planos da Prefeitura para o remanejamento dos moradores, garantindo que ninguém ficaria sem teto, pois mandara construir nos arredores da cidade um grande conjunto habitacional.

Então, depois de muito aviso, sem se esquecerem de qualquer aspecto legal, a Prefeitura e o Judiciário mandaram para o cortiço os fiscais, os oficiais de Justiça, as tropas e os tratores. Um aparato de guerra chegou ao amanhecer, completando um cerco iniciado nas primeiras horas da madrugada.

Os policiais verificaram se havia gente embarricada, movendo-se através do cortiço com bastante cuidado e as armas engatilhadas. Nada encontraram. Revistaram quarto por quarto e nos acharam. Meu pai fez menção de reagir, mas um policial o imobilizou, apontando-lhe uma carabina. Minha mãe contemporizou a situação, e nós todos saímos, sem resistir. Deram-nos tempo para juntar nossas roupas em duas malas. Além disso, alguns funcionários da Prefeitura entraram e arrastaram para fora os nossos poucos móveis.

Havia um caminhão da Prefeitura para recolher os nossos pertences. Tudo se passou bem depressa.

Minha mãe só lamentou ter deixado para trás o seu oratório, seus santos de devoção, seu lugar onde acendia velas e rezava o terço. Meus irmãos e minhas irmãs nada disseram, subiram no caminhão sem reclamar. Meu pai, idem. Olhei uma vez mais para o velho cortiço. Meu olhar se estendeu para além do casario, para o céu sem nuvens, para a manhã de sol que começava a brilhar intensamente. Vi muitos pássaros. Tive vontade de ser um daqueles pássaros. De voar para longe, muito longe. Minha mãe, entretanto, puxou-me pelo braço e me conduziu até o caminhão. Era hora de assentar os pés no chão. Nada de fantasia. Só realidade.

Do caminhão testemunhei a derrubada do cortiço, que foi depois incendiado. Foi aí que o caminhão começou a se mover. De longe, enquanto o caminhão se afastava, podiam ser vistas as espirais de fumaça. O cortiço ardia em chamas. Parte de minha vida se perdia no fogo e se transformava em cinzas.

Capítulo 3 – A nova casa

Tínhamos poucos pertences: uma cama, um armário de madeira, algumas redes, louças e panelas velhas, roupas usadas, um cachorro desmiolado, retratos de parentes, mais nada. Mudamos para o conjunto habitacional construído pela Prefeitura. Ali minha mãe recebeu algum dinheiro do prefeito, para as primeiras despesas na mercearia, e ao meu pai foi dado um emprego no canteiro de obras de um edifício do governo.

Éramos quatro meninos e três meninas. Mas somente os meninos ficaram em casa, porque duas madrinhas, sentindo pena de nossa situação, resolveram levar consigo as minhas irmãs. "Não para sempre", frisou bem minha mãe, "apenas por alguns meses", porém as meninas jamais quiseram voltar. Nunca mais vi as minhas irmãs. Elas gostaram da vida boa na casa da madrinha. Comida, brinquedos, tudo.

Vida nova. No começo, eu e meus irmãos frequentamos a escola improvisada do bairro, um grande galpão de madeira. Eu era o caçula. Depois, os meus irmãos começaram a faltar às aulas e quiseram trabalhar de pedreiro. Iam com meu pai para o canteiro de obras. Eu ia para a escola bem cedo, no mesmo horário em que eles tomavam o ônibus para o trabalho. Minha mãe agia como as demais mulheres, que se levantavam cedo para, logo depois de despacharem os maridos e as crianças, iniciar o trabalho doméstico. Passavam o dia inteiro cuidando da casa, lavando e passando roupa, fazendo comida, indo à feira e à mercearia, esperando a volta de marido e filho.

Escurecia precocemente naquele lugar, logo depois das seis da tarde, e as pessoas acendiam lamparinas ou lampiões, porque geralmente faltava energia elétrica. A noite era um breu e despertava medos sobrenaturais.

Também havia tiroteios entre as facções que disputavam o domínio do bairro. Apesar disso, os homens se reuniam nos botequins e as mulheres à frente das casas. Conversavam um pouco e logo se recolhiam. Ninguém gostava de se arriscar. Além do mais, seguiam um adágio popular, segundo o qual Deus ajuda a quem madruga. O dia seguinte era sempre de muita dureza. Era preciso dormir cedo.

Eu demorava em pegar no sono, ficava pensativo no escuro, escutando os roncos dos meus irmãos, enquanto os morcegos voavam rente aos telhados.

***

Lembro, com certo horror, o assassinato de uma pobre adúltera. Diziam que ela era uma mulher muito bonita, muito lasciva. Criticada por ser libidinosa e viciada em casos extraconjugais, era objeto das mentiras dos homens que a desejavam e da inveja das mulheres que almejavam viver como ela. Era hábito se afirmar, nos mexericos da vizinhança, que esse vício de licenciosidade nas mulheres resultava de encosto de pombagira, companheira de exu. A verdade é que o povo costumava usar essa desculpa de assédios demoníacos para justificar seus próprios desejos libertinos. Que não ousavam expressar em público. Estranha moral que se aprendia em igreja. Tudo era pecado. E qualquer pessoa desprevenida sempre pecava ao fraquejar e deixar o diabo chegar perto. Belzebu fazia brotar neles taras inomináveis.

O fato é que a mulher era rejeitada pelo marido, um fanfarrão acostumado a dormir nos bordéis, e apenas se vingava dele. Portanto, além de devolver ao marido cada dose de canalhice recebida, na base do olho por olho e dente por dente, também se divertia recebendo carinho dos outros homens. Ela gostava muito do quartel do bairro. Numa sexta-feira, sabendo que o comandante havia mandado prender metade do batalhão por indisciplina, ela enviou aos soldados um bilhete obsceno, induzindo-os a pular o muro do quartel para se encontrarem no meio do matagal.

Naquela noite, antes do encontro clandestino com os recrutas, ela se banhou e se perfumou por inteira. Mesmo pressentindo algo de ruim, superou os temores e se vestiu com uma blusa de renda branca e uma saia encarnada. Passou batom, borrifou o púbis com perfume de alfazema e se contemplou no espelho. Achou-se mesmo a mais bela mulher da cidade e saiu de casa para simplesmente se divertir.

Ao chegar ao matagal, vieram novamente aqueles pressentimentos nocivos, mas ela não desistiu dos seus planos. Esqueceu-se do medo quando os soldados apareceram, ruidosos, impacientes, fugidos do quartel, todos querendo beijar aqueles peitos e se meter entre aquelas pernas. A tropa disputou no par ou ímpar a vez de ser o primeiro, enquanto ela, deitada ao relento, esperava o recruta escolhido no sorteio, debaixo daquele céu de tantas estrelas.

Não muito longe dali, o marido enganado tomava conhecimento do que acontecia no matagal. Cercado de rufiões e prostitutas, ele anunciou no bordel:

— Vou mostrar como um homem defende sua honra!

Tarde da noite, quando a mulher percorria uma rua deserta de volta para casa, deu-se a cilada. Ela nem teve tempo de reconhecer o marido, atordoada com o golpe certeiro de porrete na cabeça. Ainda conseguiu gritar, não porque estivesse doendo morrer, mas devido ao susto e à perda dos olhos que saltaram na escuridão.

Alguém avisou a polícia. Mas as autoridades, fartas desses acontecimentos, nem se preocuparam. Apenas de manhã cedo é que apareceram na casa do criminoso. Este nem esboçou fugir – sonolento, estendeu as mãos ensanguentadas e se deixou levar algemado. Sem remorsos, de honra lavada.

Fez-se feriado no bairro. Pela crueldade do fato.

Os sinos da igrejinha começaram a tocar no exato instante em que a polícia e o criminoso passaram pela rua principal do bairro. Os soldados apareceram no muro do quartel. O comandante reforçou a segurança, porque os recrutas insinuaram uma rebelião para vir à rua e linchar o assassino. Todo mundo se postou nas calçadas para ver o cortejo passar. Alguns companheiros de boêmia do marido o aplaudiram, dizendo que se devia fazer assim mesmo, que a honra masculina não tinha preço.

Levou-se para a penitenciária aquele homem sem remorso.

***

Esse acontecimento atemorizou o povo. Começou-se a dizer que aquela mulher, tão cruelmente assassinada, tinha se tornado uma santa, uma mártir. E alguém, então, fincou uma cruz no lugar do crime; e logo começaram as romarias àquele santuário na beira da estrada. Atribuíram a ela uma porção de milagres.

As mulheres solitárias faziam promessas à santa da rua, querendo mudar os maridos que lhes trocavam por noitadas no puteiro. Mas eles não mudavam. E a santa de beira de rua mostrou que não era santa do bem e que gostava de castigar os homens desobedientes e traidores. Assim, botava gonorreia num, sífilis noutro, lepra nos mais desprezíveis. Por algum tempo, os homens se aquietaram em casa, e o puteiro quase foi à falência. Mas quando o medo passou e se viu que tudo não passava de crendice do povo, a vida retomou sua normalidade. Meu pai mesmo, quando a sexta-feira chegava, não queria saber de ficar em casa. Ia se divertir no prostíbulo. Mamãe ficava com muita raiva. E acho que ela fez promessa com a santa vingadora.

Meu pai terminou sendo vítima da santa enfurecida. Numa de suas peripécias noturnas, de volta para casa de madrugada, deparou com a mulher ajoelhada no caminho. Tremendo de medo, ele perguntou:

— Perdeu alguma coisa, moça?

Silêncio.

— Perdeu alguma coisa, moça?

Apenas silêncio. Fingindo desatenção, o vulto continuava a vasculhar a terra. Quando meu pai abriu a boca para indagar novamente, a visagem levantou a vista e respondeu asperamente:

— Perdi os olhos, não está vendo, seu puto?

Meu pai levou a mão ao peito. Uma pontada no coração. A visagem se abriu numa gargalhada e desapareceu na noite. Ele ficou se sentindo mal. Sentou-se um pouco, respirou fundo e ganhou força de caminhar. Foi andando lentamente para casa. Ao chegar, não quis entrar, permaneceu na varanda, na cadeira de embalo, gemendo baixinho. Despertei e fui ver o que estava acontecendo. Ele me disse que estava com a boca seca. Fui pegar uma caneca de água. Ele mal conseguiu beber. Contou-me o que acontecera e me pediu que eu chamasse a mamãe. Ela está dormindo, eu disse. Chama assim mesmo, ele me ordenou. Fui lá dentro e chamei a mamãe. Ela se levantou e veio até a varanda. Mas não era possível fazer nada pelo papai; ele já estava morto. A gente nem conseguiu chorar com essa morte instantânea. Até parecia que estava somente dormindo na cadeira de embalo. O choro só veio mesmo horas depois na hora do enterro. Na tarde daquele mesmo dia, o meu pai foi enterrado de terno azul-marinho e algodão nas narinas.

A nossa casa ficou muito triste. Mamãe disse que era preciso virar a página da morte. Que Deus cuidasse do papai. E que nós cuidássemos da casa. Levamos bastante tempo de luto, esperando aquela dor de vazio perder força dentro de nós. Demorou. Não sei quanto tempo. Mas acabou passando. Mamãe era corajosa e decidida. Tinha mágoa do papai, mas rezava por ele. E somente isso, apenas rezava, não ficava pensando nele. As meninas – ela disse – não querem mais voltar, estão contentes com a vida na casa da madrinha; e vocês, os meninos, precisam continuar a viver. Era preciso recomeçar.

***

A escola improvisada do bairro era um galpão de madeira, sem forro, com goteiras no telhado. O galpão era dividido em salas com paredes de compensado. Em minha sala, havia cerca de trinta crianças. Na parede da sala, havia um grande quadro-negro e constantemente faltava giz. A professora Maria Auxiliadora era uma jovem normalista amedrontada, morena de cabelos negros, olhos castanho-escuros, que se vestia de maneira bem recatada. Apesar de toda a sua timidez e de nunca levantar o tom da voz, a turma a respeitava bastante. Todos nós gostávamos muito dela. Mesmo que ela fosse muito esquisita.

Essa jovem acanhada me ensinou a ler e a escrever, a fazer contas, a consultar calendário, a folhear livros e até mesmo a gostar de versos. Ela amava literatura e, invariavelmente, dez minutos antes de terminar as aulas, declamava um poema e falava do poeta que escrevera aqueles versos. Todos prestavam atenção nela, mas eu fui o único que se interessou em também escrever poesia. Levava para a casa os poemas mimeografados e ficava imitando o jeito de escrever dos poetas. Tudo era motivo para escrever. O canto da coruja na mangueira. A chuva repentina na madrugada. O ronco da mamãe. O voo dos morcegos. O despontar do dia. Eu lhe mostrava os poemas na aula seguinte. Ela ficava contente. Então resolveu me ensinar a escrever poesia dentro das regras. Ensinou-me a diferença entre a contagem normal das sílabas numa palavra e a contagem das sílabas nos versos. E muitas outras coisas, como o ritmo dado pelas sílabas tônicas, os tipos de rimas, a elaboração de sonetos. Aprendi bastante com a professora Maria Auxiliadora. Depois esquecia a maior parte das normas do manual de poeta. Eu gostava mesmo era de escrever quando simplesmente aparecia a vontade de escrever. Nem sei explicar como era isso; quando eu estava na rede e escutava o canto triste da coruja na mangueira, uma coisa tomava conta de mim e eu ia colocando tudo no papel, tintim por tintim. A professora Maria Auxiliadora só me chamava de poeta. Os meus colegas também. Todos foram se esquecendo do meu nome de batismo. Fiquei conhecido como poeta. Foi assim que aconteceu. Talvez tenha sido isso o que a vidente profetizou na tarde de chuva em que nasci.

***

A professora Maria Auxiliadora tinha muito medo. Vinha de longe. O nosso bairro era perigoso. Era um lugar sem lei, sem ordem, sem sossego. Tudo muito feio, muito sujo, muito desarrumado, muito violento. Mal terminava de dar sua aula, pedia licença à diretora e corria para pegar o ônibus, preocupada com a fuzilaria entre as facções. Certa vez, a troca de tiros começou mais cedo, durante a aula, e foi bem perto da escola. As rajadas das armas de fogo atravessaram as janelas e as paredes de compensado. Todo mundo se jogou no chão, escondendo-se debaixo das carteiras. Mesmo assim, uma bala passou raspando pelo braço da professora. E outra bala ricocheteou na quina do quadro-negro e foi na direção de um colega que estava todo encolhido ao meu lado. Ele nem gritou. Ficou duro na hora. Apenas o sangue esguichava do peito dele. Dona Maria Auxiliadora gritou de pavor. Esse alvoroço durou uns cinco minutos. Depois a diretora entrou na sala e perguntou se estava tudo bem. Não estava, não, a professora disse. A diretora viu o menino se esvaindo em sangue e trouxe uma toalha branca de uma das mesas da copa e cobriu aquele corpinho sem vida, todo borrado de vermelho. A merendeira da escola entrou com uma vela e a acendeu em intenção da alma daquela criança.

A polícia chegou. Isolaram a escola. Levaram as professoras e as crianças para um lugar seguro. Vi a professora Maria Auxiliadora sendo levada por um policial, que lhe fizera um curativo no braço e a conduzia para uma ambulância. Ela gritava coisas horríveis, que se arrependia de ter começado a dar aulas naquela escola, que odiava aquele bairro pavoroso, que ali não era lugar que uma pessoa de bem escolhesse para viver, que naquele buraco de merda só havia bandido, que ela nunca mais voltaria àquele inferno. Corri para perto dela, apertei a sua mão, mas ela estava totalmente histérica e parecia não me reconhecer. E gritava, só fazia gritar, que ninguém tocasse nela, que tirassem de perto dela aquelas crianças todas. A professora Maria Auxiliadora estava mesmo enfezada. A sua lucidez havia sumido. Nunca vou esquecer seu olhar desvairado, sua respiração ofegante, seu nervosismo descontrolado, suas tantas lágrimas.

***

Dona Maria Auxiliadora não reapareceu nem para entregar a carta de demissão. Simplesmente nunca mais voltou. Eu só me lembrava de suas últimas palavras, que nunca mais voltaria àquele inferno, que tirassem as crianças de perto dela, que naquele buraco de merda só havia bandido. Senti muito sua falta. Eu ficava horas esperando por ela, não queria mais assistir às aulas. Então comecei a faltar à escola. A diretora chamou a mamãe. Não houve jeito. Eu não queria mais saber de estudar.

Eu queria notícias da professora. Minha mãe apanhou o endereço dela. E no dia seguinte fomos procurar dona Maria Auxiliadora. Ao chegar à sua casa, as portas estavam fechadas. Os vizinhos é que nos deram a notícia da sua morte. Colapso nervoso e suicídio. O enterro tinha acabado de ser feito. Fomos correndo até o cemitério e lá deparamos com seu túmulo, debaixo de umas amendoeiras. Li o epitáfio: tão poucas palavras, o dia em que nasceu e o dia em que morreu, sem especificar os motivos. De que ela morreu? – indaguei à mamãe. Não interessa, mamãe respondeu. Estava morta, pronto. Era preciso voltar à escola.

Capítulo 4 – A visita de Hécate

Numa noite, recebemos uma visita inesperada. Despertamos com os ruídos e as gargalhadas vindas da rua. Alguém bateu na porta. Meus irmãos permaneceram na cama, mas eu acompanhei a mamãe, que acendeu uma vela e foi averiguar o que estava acontecendo. Três vultos pediram para entrar. Três sombras. Não era gente comum. Não se distinguiam suas feições. Amorfas, escuras.

— São visagens? – indagou minha mãe, acostumada, desde criança, a conversar com gente viva e gente morta.

Nenhuma resposta.

— Estão querendo o quê?

Novamente silêncio.

— Champanhe? Rosa vermelha? Estou vendo que é alma de mulher.

Nenhuma das aparições se manifestou.

— O homem da casa já morreu. Vivo só com meus filhos. Estão querendo o quê?

As almas riam entre si, e uma delas apontou em minha direção. Minha mãe se interpôs entre mim e elas:

— Enquanto eu for viva, ninguém toca nele.

Ela avançou no rumo dos espectros. Os vultos retrocederam e sumiram na escuridão. Assustados, fechamos a porta e começamos a rezar. Meus irmãos se levantaram e vieram saber o que estava acontecendo. Ninguém dormiu mais. Esperamos o dia amanhecer. E, bem cedo, enquanto os meus irmãos foram trabalhar, fui com mamãe até a casa do bispo.

Chegamos cedo, imaginando que os religiosos tivessem o hábito de madrugar, mas tivemos de esperar até o meio da manhã, porque o bispo era um tipo preguiçoso que adorava dormir bastante. Só depois de acordar, tomar banho, beber um pouco de café e ler os jornais, é que começava o seu trabalho na diocese. O seu secretário, naquela manhã, muito a contragosto, por causa da agenda apertada do superior, disse-nos que teríamos cinco minutos apenas com Sua Reverendíssima.

Agradável, simpático, quase terno, o bispo escutou o relato da mamãe. Depois, muito seguro do que dizia, afirmou que os bons mortos só regressariam à vida na Ressurreição, que os maus mortos estavam condenados ao Nada e que era preciso conter o desvario da imaginação. Deu-nos conselhos, nos impôs algumas penitências e nos recomendou fazer jejum. Aconselhou-nos também a frequentar a igreja, a rezar mais o terço, a oferecer vela no cruzeiro do cemitério no Dia de Finados, a consultar os Evangelhos e a deixar uma lamparina acesa durante a noite. Dito isso, suspirou de impaciência, sorriu forçadamente, fez um sinal para o secretário e deu a entender que tinha outros compromissos mais urgentes.

Minha mãe agradeceu os conselhos, prometeu que faria tudo como o recomendado, se desculpou pela impropriedade daquele relato louco e se ajoelhou para receber a bênção. Depois, beijou o anel do bispo, despediu-se apressadamente e saiu me puxando pelas mãos. Sem perda de tempo, procurou uma macumbeira de confiança, experimentada em desfazer mandingas nas encruzilhadas e nos cemitérios. Daquela mulher, que se chamava Rosa dos Bodes, escutamos:

— Feitiço forte! Assombração das profundezas!

— O que a senhora pode fazer?

— Vou descarregar sua casa.

— Dá garantia do trabalho?

— É um caso difícil. Mas vou tentar.

— O que essas almas querem?

— O menino.

— O Jorge? Ou os outros filhos?

— O Jorge. Vieram avisar que está para chegar o tempo de acontecer o que disse a vidente no dia em que ele nasceu.

— Mas ele é apenas um menino.

— Vou descarregar sua casa. Mas o menino tem um carma.

— Coisa de outra vida?

— Pois é. Não tem como desfazer o destino. Mas vou afastar os espíritos.

— Então tem de ser agora.

A macumbeira se vestiu de branco, colocou no pescoço meia dúzia de guias de aço, outra meia dúzia de guias de miçangas e conchas, armou-se com um punhal consagrado pelos orixás e se declarou pronta para enfrentar os demônios.

Voltamos para casa. Estava anoitecendo. Havia grande tumulto no conjunto habitacional. Estava tudo pegando fogo. As gangues haviam deflagrado o incêndio. As casas queimavam depressa, as labaredas se alastravam rua abaixo, rua acima. Os bombeiros e a polícia vinham depressa, as sirenes ecoavam de longe. O céu estava escuro e carregado. Trovejava e relampejava. Um temporal estava prestes a cair.

Assombrada, dona Rosa dos Bodes gritou:

— Ih! Abriram as portas do Inferno!

Detida no terceiro passo, ela apontou o punhal no rumo do céu, firmando o pensamento para adquirir as forças dos ventos e dos raios. Movendo o punhal confusamente, atrapalhada na hora de falar, empurrada pela multidão que não se entendia naquela hora de grande aturdimento, dona Rosa dos Bodes afirmou estar diante de uma entidade do Inferno. Teve tempo de pronunciar o nome de Hécate antes de um relâmpago atingir-lhe o tórax, reduzindo-a a cinzas.

Veio então o aguaceiro. Sirenes da polícia, dos bombeiros, das ambulâncias. Tiroteios entre as gangues, gritaria das pessoas, as casas consumidas pelo fogo. Tempestade e incêndio, pânico e desordem. Minha mãe me segurou pelo braço, me arrastou consigo enquanto procurava notícia dos outros filhos. Sabia que eles, depois da morte do pai, haviam se desinteressado pelo trabalho no canteiro de obras e ingressado nas gangues do bairro. Eles estavam metidos nessas fuzilarias, talvez até mesmo no incêndio do conjunto habitacional. E estavam mesmo. E morreram naquelas escaramuças. Não havia o que fazer. De repente, para piorar as coisas, a mamãe botou a mão na barriga e gemeu com a dor de um balaço. Caiu ali mesmo, quase pisoteada pelos outros. O sangue espirrou de sua barriga. Ela me olhou com os olhos arregalados. Mamãe, mamãe, eu gritei. Ela não escutava nada. Já estava morta. Fechei os seus olhos arregalados. Comecei a chorar. A chorar bem alto. Ninguém me ouvia. Mas eu chorava com todas as minhas forças. Que inferno! A professora estava certa: aquele lugar era um Inferno. Só dava bandido.

Um ambiente de guerra. Tudo destruído.

***

As assistentes sociais da Prefeitura trabalhavam incansavelmente. Tinham se acomodado no pátio da igreja da paróquia. Trouxeram-lhes cadeiras e mesas. Elas começaram a cadastrar os moradores. As filas se formavam diante delas. Gente de todas as idades. Os sobreviventes. Fiquei esperando minha vez. Aquele lugar era mesmo demasiado selvagem, inumano, insuportável. Seria assim o mundo todo? Cheio de violência, crueldade, mortes? Por que a vida doía tanto?

Levantei o olhar para o céu. Só eu vi a aparição. Ninguém mais. Vi o vulto prateado de Hécate, solto e esguio como um pássaro da noite, cruzando as nuvens escuras, rodeada de princesas e protegida por lobos bravos. Foi a primeira vez que avistei a mais reverenciada feiticeira da Antiguidade, a deusa que controlava todos os ritos sobrenaturais do mundo. A ela pertencia a máxima prerrogativa de escutar ou não os mortais, o humor de aceitar ou recusar as oferendas humanas, a sabedoria de manipular os minerais e os ventos, a coragem de provocar as guerras mais destruidoras. Ninguém melhor do que ela dominava os oráculos arcaicos, os enigmas da guerra e da morte, os segredos da mais forte magia. Para alguns, ela era a deusa das trevas; para outros, a divindade da luz, da caça, das florestas.

Hécate, montada numa onça, me olhou demoradamente e depois, seguida pelo cortejo de princesas e lobos bravos, desapareceu entre as nuvens escuras.

Fiquei parado olhando o céu. Imóvel.

Uma assistente social se aproximou de mim e perguntou o meu nome. Constatou meu estado de choque e chamou um médico. Ele me conduziu para uma enfermaria improvisada na casa paroquial e me aplicou uma injeção.

Disso bem me recordo. Não sei, todavia, descrever como fui parar em um dos abrigos instalados pela Prefeitura em toda a cidade. Alguém me levou para um desses abrigos quando eu melhorei de saúde.

Capítulo 5 – Zenildo e Rute

Passaram-se dias, muitos dias, talvez semanas, ou meses. O tempo passava lentamente naquele abrigo da Prefeitura. Adultos e crianças, homens e mulheres, todos misturados, promiscuidade indescritível. Passávamos grande parte das horas em completa ociosidade. Quando chovia e esfriava, dormíamos o dia inteiro enrolados em cobertores remendados. Nos dias claros, deitávamos ao relento para pegar o sol da manhã. Ninguém fazia nada, a não ser esperar. O prefeito estava tratando de arrumar dinheiro para o aluguel social de tantas famílias. Também se falava que seriam construídas novas casas populares. Mas o caixa da Prefeitura estava quase zerado. O prefeito convocava os voluntários e pedia doações nas rádios e na TV.

No começo apareceram muitos voluntários, geralmente religiosos ou gente implicada com algum tipo de ativismo político. Todo mundo parecia querer praticar um pouquinho de filantropia em troca de alguma recompensa, divina ou terrena. Eu sentia as coisas assim. Não acreditava na solidariedade dos outros. Que aquelas pessoas fossem bondosas desinteressadamente, eu não acreditava mesmo. Estavam ali de tanto escutar ladainha de padres, pastores, vereadores, deputados, comparsas do prefeito. Os voluntários serviam café da manhã, almoço, lanche da tarde e sopa à noite. Com o passar do tempo, a força da caridade foi se esgotando, e eles, gradativamente, deixaram de retornar. A comida começou a minguar, não havia água potável, faltava papel higiênico, os cobertores remendados rasgaram de vez e ficou por isso mesmo, ninguém mais remetia donativos, a cidade logo se esqueceu da gente.

Diante disso, muitos se afastaram dos abrigos da Prefeitura e invadiram terras públicas, ocupando as encostas dos morros situados em torno da cidade. Várias favelas surgiram do dia para a noite, multiplicando-se rapidamente. Eu terminei caindo na vida da rua. Vivi sozinho, mendigando, roubando. Bastante tempo. Até que o professor Zenildo, dona Gabriela e dona Rute apareceram no adro da igreja onde eu costumava dormir. Foi dona Rute, uma negra muito magrinha, que me despertou com o foco de uma lanterna, numa daquelas noites, mal havia escurecido. Ela disse:

— É ele mesmo!

— Tem certeza, Rute? – perguntou-lhe um homem de óculos escuros e bengala; era o professor Zenildo.

— Tem certeza mesmo? – indagou a dona Gabriela, mulher do professor.

— Sim, professor Zenildo. Sim, dona Gabriela. Ele mesmo!

— Quem são vocês? – perguntei.

— Tenha calma, rapaz – respondeu o professor Zenildo.

— Viemos cuidar de você – falou dona Gabriela.

— É isso mesmo – confirmou dona Rute.

— Venha conosco – disse o professor Zenildo.

— Ir para onde?

— Para nossa casa. Sair dessa vida.

— Por quê?

— Vamos lhe explicar tudo – disse dona Gabriela.

— Chega de perguntas, Jorge Canto! – falou dona Rute.

— A senhora sabe o meu nome?

— Rute sabe de muitas coisas – disse o professor.

— Você não quer uma casa? Não é melhor que viver na rua? – indagou dona Gabriela.

— Venha, Jorge Canto! – disse dona Rute, quase em tom de ordem.

— De onde a senhora me conhece?

— De um sonho! De um sonho!

Não vi maldade neles. Fazia frio e eu sentia fome. Fui com eles.

Entrei na casa do professor com alguma desconfiança. Continuava a descrer na bondade dos outros. Os dois se apresentaram a mim e disseram que eu era bem-vindo. Dona Rute me levou até o banheiro e me mostrou a escova, a pasta de dente, o sabonete, a toalha, as roupas limpas. Tomei banho e escovei os dentes. Vesti a cueca branca de algodão, a camiseta azul e a bermuda jeans. Dona Rute me perguntou se as roupas haviam ficado boas. Ela é quem as havia comprado. Por causa do seu sonho místico, o sonho em que ela via um menino com minhas feições e medidas. Respondi que estavam um pouco largas, mas isso não tinha importância alguma. Ela sorriu. E disse que fosse jantar com os patrões.

Então, acompanhado dela, me desloquei até à sala de jantar e me sentei à mesa com o professor e sua mulher. Comi em silêncio, ainda muito desconfiado, com vontade de raspar o prato e sair correndo dali, voltar para o adro da igreja. Eles me olhavam, sem nada falar. O professor me disse que dona Rute me levaria até o quarto e que a gente conversaria na manhã seguinte. Que eu descansasse, porque eles precisavam muito conversar comigo. Acenei com a cabeça, concordando. Dona Gabriela permaneceu calada. Ela parecia muito triste. Dona Rute retirou a mesa.

O professor e dona Gabriela se levantaram.

— Boa noite, Jorge Canto. A Rute já sabe o que fazer – disse a dona Gabriela.

— Boa noite, menino – falou o professor.

Dona Rute lavou a louça. Disse que eu fosse escovar os dentes. Depois, me conduziu até o quarto. A cama estava feita. Aproximei-me, desconfiado. Deitei. Senti a suavidade do lençol. Seu perfume. Fechei os olhos e me senti no céu. Nessa hora, pensei em mamãe. Também lembrei o papai. E pensei em meus irmãos mortos e em minhas irmãs vivendo não sei onde. E tive a impressão extraordinária, embora inesperada, de me sentir numa casa de família. Acolhido. Abrigado. Protegido.

— Durma! Pela manhã a gente vai conversar. Boa noite, Jorge Canto.

— Boa noite, dona Rute.

Ela encostou a porta e me deixou sozinho.

Eu estava assustado. E muito exausto.

Dormi.

***

O professor Zenildo estava perdendo a visão. Via tudo borrado. Proibido de ler, mas amante voraz dos livros, ele necessitava dos préstimos de sua mulher, que se encarregava das leituras em voz alta. Ele a escutava com muita atenção. Às vezes, pedia a ela que parasse de ler e repetisse essa ou aquela palavra, essa ou aquela frase. Dona Gabriela fazia tudo que ele pedia. Mas se notava que ela andava adoentada, constantemente deprimida, sem disposição para nada, com a saúde precária. Dona Rute me contou que ela ficara assim desde o desaparecimento da filha, Ártemis, em meio à guerra civil. Que a moça tinha se envolvido com a luta armada. Que ela havia sido aprisionada pelas forças do governo. Que depois disso, ninguém soube dizer o paradeiro dela; se estava viva, se estava morta, se estava no país, se havia sido mandada para o exílio. Sumira e pronto.

O professor e dona Gabriela viviam em peregrinação pela cidade, indagando pela filha, com uma fotografia dela. Nem as autoridades do governo, nem os porta-vozes dos movimentos revolucionários, ninguém tinha alguma informação plausível. Chegou-se a espalhar um boato de que ela, na verdade, havia sumido com um namorado. Que fora viver noutro país. Tanto se disse de Ártemis, mas não houve uma notícia verídica sobre ela. Assim, seus pais iam aos lugares que a moça frequentava, ao *campus* universitário, aos clubes, às instituições governamentais e religiosas, às casas dos remanescentes da insurreição. Estavam cansados. Mas não desistiam. Sozinhos, sabiam que eram remotas as chances de rever a filha. Juntaram-se, então, a uma associação de famílias também afetadas pelos desaparecimentos no conflito interno.

O professor Zenildo e a dona Gabriela me deram um lar. Tive cama para dormir decentemente. Três refeições por dia. Roupas limpas, cheirosas e bem passadas por dona Rute. Uma boa escola. Novamente, o contato com livros e poemas.

***

O professor Zenildo era filósofo, poeta, anarquista. Sentia-se culpado pelo desaparecimento de Ártemis, porque sempre incutira nela, desde criança, ideias libertárias. A filha o tomava como exemplo, seguia à risca o que ele dizia contra todas as formas de governo, principalmente os regimes autoritários, antíteses da liberdade individual. Aprendera com o pai a lutar e morrer pela liberdade absoluta.

E agora, por causa da luta armada, Ártemis se tornara uma desaparecida política ou uma morta sem túmulo. Uma insurgente abatida pelo regime. O professor Zenildo guardava uma remota esperança de encontrá-la viva, mas, se isso não fosse possível, pelo menos tivesse o direito de enterrá-la decentemente. Por isso andava todos os dias, com dona Gabriela, naquela peregrinação sem fim, em busca da filha. Empreendia uma longa marcha, diariamente, como se cada passo dado pudesse mitigar o terrível remorso que o sobressaltava.

Quando as esperanças se escassearam, o professor Zenildo, que não acreditava em religiões ou transcendências, resolveu, misteriosamente, pôr fé no misticismo de dona Rute, nos sonhos visionários daquela negra magrinha que trabalhava como doméstica para ele e dona Gabriela.

Por sua vez, dona Gabriela era católica fervorosa, mulher de ir à missa quase todos os dias. Rezava com ardor, acreditando no retorno de Ártemis. Mas também confiava em dona Rute, nas suas adivinhações misteriosas, nos seus transes mediúnicos, na força dos espíritos.

Entretanto, nem os santos das igrejas, nem os espíritos protetores de dona Rute, tampouco as autoridades terrenas, ou mesmo os religiosos, enfim, ninguém, absolutamente ninguém era capaz de dizer ao professor Zenildo e à dona Gabriela o paradeiro de Ártemis. Estavam na iminência de desistir. Mas dona Rute, numa daquelas rezas diárias, no oratório da casa, meses antes que me encontrassem no adro da igreja, entrou em transe e trouxe uma revelação.

— Ártemis não morreu. Ártemis se encantou!

— Como? Que você está dizendo?

— Dona Gabriela, quem se encanta não passa pela morte.

— Ela está viva?

— Está encantada.

— Encantada de quê, meu Deus?

— Não sei dizer, dona Gabriela.

— Como é possível encontrá-la?

— Hoje à noite vou sonhar.

— Será que vai obter uma resposta?

— A gente tem de esperar. As boas almas dizem o que a gente precisa ouvir.

À noite, dona Rute se deitou para sonhar. De manhã cedo, disse aos seus patrões, na hora do café:

— Ela é uma encantada da floresta.

— O quê? – indagou o professor.

— E agora, Rute? – quis saber dona Gabriela.

— Um rapaz vai levar a senhora e o professor Zenildo até sua filha. O nome dele é Jorge Canto.

— Quem é ele?

— Por enquanto, um adolescente. Vive nas ruas. Sonhei com ele. A alma de uma mãe de santo que fez o parto dele me disse tudo. Ele tem um pacto com os espíritos. Algo que desconhece. Precisa vir para cá. Vai crescer e amadurecer nesta casa. No tempo certo vai nos levar até Ártemis.

— Está doida, Rute? Onde a gente vai achar um adolescente chamado Jorge Canto? – irritou-se o professor.

— Agora a gente precisa encontrar este Jorge Canto, Zenildo. Não brigue com a Rute. Ela sabe o que diz.

— Tomara que sim, Gabriela – aquiesceu o professor.

Dona Rute repetiu muitas vezes o seu sonho. E disse aos seus patrões:

— Hoje mesmo começaremos a procurar este Jorge Canto.

***

Dona Gabriela sentiu todas as suas esperanças de rever a filha se renovarem com a revelação de Rute. Mas isso não viria a acontecer. A precariedade de sua saúde não lhe deu o tempo necessário ao reencontro. Estava com deficiência imunológica e depressão. Pegou uma gripe que logo se tornou pneumonia grave. Tão intensa que os antibióticos não deram conta.

Ela deu entrada no hospital na segunda-feira e já estava morta na sexta-feira. Não resistiu a uma infecção generalizada.

O professor Zenildo, dona Rute e eu fizemos o velório e enterramos dona Gabriela numa tarde chuvosa e melancólica.

***

O professor Zenildo se entristeceu muito com a morte da mulher. Foi perdendo rapidamente o ânimo de viver, e a cegueira ganhou terreno. Logo tudo escureceu de vez em sua vida. Precisou muito de mim e de dona Rute. Eu lia jornais e livros para ele, dona Rute cozinhava as comidas que ele mais apreciava.

À tarde, quando dona Rute entrava no oratório para rezar, ele pedia:

— Chame a alma de Gabriela!

— Uma alma precisa ter permissão para falar com os vivos, professor!

— Arre! Por isso não creio em nada. Quando a gente precisa da religião, dos santos, das bruxas, todos têm uma desculpa para negar o que lhes pedimos.

— Vá com Jorge para a sala e me deixe rezar sozinha.

— Venha, professor, dona Rute tem razão.

— Está bem, Jorge.

Íamos ler na sala. Ele gostava de poesia. Dizia que os poetas escreviam às paredes e que o povo iletrado precisaria de, no mínimo, mil anos para se interessar por versos. Ainda assim, me aconselhava: "Mas você, que é poeta, não deve desistir de escrever! Escreva porque gosta de escrever, e que se danem os outros!".

Aprendi com o professor Zenildo a recitar de memória odes, elegias, cantatas. A gostar de usar as tardes para falar de literatura e política. Apesar de ele ser um homem afável, nunca disfarçava o desprezo pelos governos. Lembrava-se, nessas conversas, inevitavelmente, de Ártemis:

— Ela saiu de casa, vestida de blusa quadriculada e jeans surrado, dizendo que ia ao cinema e que voltava logo para jantar. Tudo mentira: ninguém vai assistir a um filme e sai de casa com os olhos borrados de lágrimas, como quem pressente que não vai voltar nunca mais. Ela sabia que estava sendo seguida e que poderia ser presa a qualquer instante. Carregava um revólver na bolsa. Tardiamente eu quis retirar a ideologia revolucionária de sua cabeça, eu preferia ter minha filha viva, mesmo tendo de suportar aquela ditadura, Ártemis era tudo para mim e Gabriela. Mas ela contestava: "Precisamos da revolução para derrubar este governo ditatorial, o senhor me ensinou isso: a combater os regimes autoritários". Seu maior anseio era ser guerrilheira em florestas longínquas. Queria tratar da saúde dos camponeses e pegar em emboscada as tropas inimigas. Ser conhecida como *comandante Ártemis*. Foi embora e nunca mais retornou. Ficamos esperando por ela, com a mesa posta para o jantar. A espera durou horas, depois dias, logo meses, agora anos. Minha filha é uma desaparecida política ou uma morta sem atestado de óbito. E eu me sinto responsável por isso...

— Professor Zenildo, o senhor não é culpado disso. Ártemis escolheu a vida dela. Cada um é responsável pelo destino que escolhe para si. Ela escolheu fazer isso. O senhor não pode se culpar. Ela poderia ter escolhido fazer o contrário. Mas era nisso em que ela acreditava. Por que ficar se torturando de tanto remorso?

— Pois é, Jorge, mas assim eu me sinto. Pior para mim. Agora, eu tenho a esperança de que Rute esteja certa. Que o sonho dela com você não seja nenhuma fraude. Que com você eu chegue até a minha filha. Agora, você vê: Gabriela, uma mulher de tanta fé religiosa, não está mais aqui. E eu, um maldito ateu, estou cada vez mais fraco e não sei se vou durar tanto.

Eu nada disse.

— São duas as almas que agora busco: a de Ártemis e a de Gabriela. Estarei enlouquecendo, Jorge?

Novamente eu só escutei.

Já havia anoitecido. Estava na hora do jantar. Neste momento, dona Rute entrou na sala. Tinha algo a dizer e não era sobre a janta.

— Vi no céu a deusa Hécate, usando uma coroa de diamantes. Entre as nuvens, rodeada de princesas e lobos. Ártemis era uma das princesas, uma caçadora de Hécate. Volto a confirmar o que já disse meses atrás. É você, Jorge Canto, quem vai se encontrar com Hécate, e depois nos levar até a Ártemis.

— Será que posso acreditar nisso, Rute? – indagou o professor Zenildo.

— Tenha fé, professor.

— Isso não faz sentido algum!

— É uma história de renúncia à imortalidade...

— Que está dizendo, Rute? – perguntou Zenildo, mais enfático.

— É uma história de renúncia à imortalidade. Já disse.

— Como assim?

— O que os espíritos acabaram de me dizer...

— Quem está renunciando à imortalidade?

— Hécate!

— Basta por hoje, Rute.

— Está bem, professor.

— A gente não entende o que você está dizendo, dona Rute – eu disse.

— Sei disso, Jorge. Nem eu mesma entendo. Mas foi isso o que ouvi e o que devo transmitir. Daqui a algum tempo você viverá uma história de amor com Hécate, uma deusa que está renunciando à imortalidade...

***

Muito tempo se passou sem qualquer novidade, sem qualquer notícia de Ártemis, sem qualquer manifestação dos espíritos. Dona Rute parecia ter se esquecido de suas palavras. O tempo passava. Quando eu completei vinte e sete anos, o professor Zenildo piorou de saúde e a cegueira se tornou quase completa. Não saía mais de casa. Deprimido, evitava falar de Ártemis e dona Gabriela. Sabia que não haveria tempo para ele se reencontrar com a filha e a esposa. Sentia que sua vida se dissipava.

Numa noite, ele passou mal. Chamamos um médico, que veio e nada pôde fazer, salvo ministrar remédios paliativos para febre e amigdalite. Não houve necessidade de levá-lo para o hospital. O professor Zenildo precisava somente de repouso, disse o doutor, e qualquer alteração, deveríamos telefonar para ele, "aqui está o meu cartão, telefonem a qualquer hora".

O professor Zenildo quis a minha presença e a de dona Rute no quarto. Mesmo muito cansado, conversou com a gente:

— A hora final é como um filme: a gente, antes de cair no escuro, se lembra de tudo. De cada instante da vida. Eu não sinto medo. Tomara que eu me encontre com Gabriela e Ártemis.

Silenciou por alguns instantes.

Quis novamente falar, mas o cansaço o impediu. Dormiu um pouco.

Às onze da noite, o professor despertou e pediu um pouco de chá. Bebeu e disse:

— Rute, por favor, acenda as lâmpadas, sei que estou quase cego, mas ainda gosto de sentir o frescor das luzes, e agora parece estar tão escuro...

— Professor, a lâmpada está acesa.

— E a lua, Rute?

A mulher se acercou à janela, disse que o céu estava limpo com lua-cheia.

O professor Zenildo sorriu. Pela última vez. Ficou quieto, muito quieto.

Eu me sentei perto da cama, segurei-lhe as mãos, perguntei-lhe se queria mais um pouco de chá, ele nada respondeu. Só apertou minha mão. Ficamos assim, calados, imóveis. Vi os seus olhos entreabertos, aqueles olhos onde havia cegueira, tão próximos de enxergar outras luminosidades que não mais as terrenas. Fez-se um silêncio mais descomunal ainda, que doía deveras. Apenas esperamos. Dona Rute, com a voz em tom bem baixinho, cantou-lhe uma modinha de serenata, muito meiga, para adoçar aquela despedida. O professor Zenildo esboçou um leve sorriso, quase imperceptível. Um pouco de luar entrou pela janela e iluminou o seu rosto. Ele foi se aninhando naquela canção até desfalecer por completo. Caiu no vazio, flutuou na última imprecisão e silenciou definitivamente, sem qualquer sofrimento. Tornou-se uma criatura invisível. Só o corpo estava ali. A alma tinha partido com o vento da noite de lua-cheia.

Capítulo 6 – Maria da Terra

Comecei a vasculhar o mundo. Quer dizer, a andar a esmo pela cidade. Sem me preocupar com nada. Simplesmente andar e conhecer os lugares. A curiosidade despertou em mim um inusitado espírito de aventura. Andava muito. Todos os dias. Certa vez, no meio de uma tarde, decidi visitar uma zona de meretrício que funcionava no Centro. Tratava-se de um conjunto de quarteirões entrecortados por ruas de paralelepípedos, com alguns sobrados de estilo colonial, muitas casas de pintura descascada, infinidade de botequins e becos fedidos. Um menino de rua foi quem me conduziu até lá. E nesse lugar, eu conheci Maria da Terra.

Muitas mulheres transitavam nos quarteirões, subindo e descendo ladeiras, vestidas excentricamente, exibindo os peitos e as nádegas, oferecendo-se aos homens que chegavam lá em grupos. Algumas se sentavam na soleira das portas das casas ou se debruçavam nas janelas, e de lá acenavam para os clientes. Fui abordado por uma morena de cabelo curto e encaracolado. Olhou-me com sarcasmo e quis saber se eu já conhecia a zona. Respondi que não. Ela riu e perguntou meu nome e quanto eu tinha para gastar. Eu disse que estava só de visita, não queria sair com ninguém. Ela ficou com raiva. Dei a desculpa de estar procurando uma mulher perfumada de jasmim. Ela me olhou puta da vida e perguntou se eu estava debochando fora de hora. Respondi que não, que era isso mesmo, eu procurava uma mulher com cheiro de jasmim. Completei: eu sonhei com uma mulher que cheira a jasmim e vou encontrá-la aqui.

Ela retrucou, com uma gargalhada:

— Mulher perfumada de jasmim? Que sonho tolo! Errou de lugar. Os homens que vêm aqui sonham com peitos, bundas, xerecas. Deixa de ser babaca.

Eu nada disse.

A mulher me deu as costas e foi embora. Outras mulheres cruzaram por mim. Algumas se aproximaram, com trejeitos e perguntas. As conversas corriqueiras de puteiro. Respondi que eu estava só de visita. Elas me mandaram à merda, exceto uma ruivinha, que, com um copo de cerveja na mão, prestou atenção no ruído longínquo de uma sirene e alertou as demais que a polícia estava para chegar. As outras se dispersaram. Ela me puxou pelas mãos e disse que sabia o que eu estava procurando. Que eu fosse com ela até o bar mais próximo. Ela queria me apresentar a uma amiga.

Segui com a ruivinha até o bar. Lá dentro, perto do balcão, uma morena de cabelos negros cobertos por um lenço vermelho e trajando camiseta branca e uma saia estampada parecia nos esperar. A ruivinha lhe disse que o favor de me levar até lá dentro estava feito. A mulher não disse nada, apenas sorriu. A ruivinha foi embora. A mulher me convidou a se sentar perto dela. Ofereceu-me cerveja e perguntou:

— Está procurando uma mulher com cheiro de jasmim?

— Sim. Como você sabe disso? Escutou a conversa?

— Que conversa?

— A que eu tive lá fora?

— Eu, não. Estava aqui o tempo todo. Como poderia ouvir sua conversa? Bem, precisamos nos conhecer. Como é o seu nome?

— Jorge Canto. E o seu?

— Maria da Terra.

— Você trabalha aqui?

— Estou de passagem. E você veio fazer o quê?

— Vim conhecer o lugar.

— Então vamos conversar.

Caminhamos até o batente da porta de um daqueles sobrados. Ficamos conversando. Não sentimos o tempo passar. A tarde correu depressa. Já estava anoitecendo. Ela falava e ria. Eu apenas a escutava, olhando-a fixamente. Era possível divisar os seios através da camiseta. E também as coxas quando ela, em gesto provocante, levantava a saia.

Repentinamente, Maria da Terra levantou os braços e cruzou as mãos por trás da nuca. De suas axilas exalou um intenso cheiro de jasmim. Entorpecido, eu fechei os olhos. Ela se aproximou de mim e sussurrou:

— Gostou?

Eu não respondi.

Maria da Terra se deitou na calçada e se espreguiçou. Pediu-me champanhe e cigarro sem filtro.

— Champanhe e cigarro sem filtro?

— Você é surdo?

— Não.

— Está esperando o quê? Vá buscar. Vá até aquele botequim do outro lado da rua. Lá fale com o dono, que está sempre servindo no balcão.

Fiz o que ela mandou. O dono do botequim estranhou o pedido e indagou para quem era.

— Maria da Terra – respondi.

Ele suou frio. Gaguejou.

— Meu Deus do céu, ela voltou. O que está fazendo aqui? Tomara que seja coisa boa. Quando se enfeza, só acontece coisa ruim.

— Não estou entendendo.

— Nem precisa entender. Leve o melhor champanhe e o melhor cigarro sem filtro. Do gosto dela, que é a rainha das pombagiras. Leve também estas rosas vermelhas e diga que é tudo oferenda deste humilde devoto.

— Está louco? Devoto?

— Vai, vai... – disse ele, me apressando.

Saí com a garrafa de champanhe, o maço de cigarros e as rosas vermelhas. Cruzei a rua e fui me sentar no meio-fio onde se encontrava Maria da Terra. Deitada na calçada, olhando distraidamente o céu, me esperava. Contei-lhe o acontecido no botequim, e ela apenas riu. Em seguida, sem que eu tivesse tempo de reação, me deu um beijo na boca e, depois, retirou da bolsa um par de taças. Encheu-as de champanhe até transbordar. Brindamos.

— Luar, estrelas, que céu bonito para destruir maldições!

— Que coisa estranha o que você fala. Parece magia.

— Acha que sou uma feiticeira?

— Sei lá. O dono do botequim ficou nervoso quando falei o seu nome. Disse que era devoto seu.

— Você precisa me conhecer bem. Será que vai ficar com medo?

— Por que razão eu sentiria medo de você?

— Nenhuma razão. Além do mais, poeta...

— Como sabe que sou poeta?

— Sei de muitas coisas a seu respeito. Mas não me pergunte nada. Pelo menos por enquanto. Apenas durma comigo. A poucos foi dada a honra de se deitar com Maria da Terra. Venha e me ame.

— Aqui na rua?

— Que importa o lugar?

— Mas na rua não se pode...

— Você prefere um quarto de hotel?

— Sim.

— Então, pense num quarto e me beije.

A gente se beijou na boca. Senti o gosto de cigarro, o gosto de champanhe, o gosto de jasmim, o gosto de saliva. A língua de Maria da Terra se meteu por entre meus lábios e percorreu o céu de minha boca. Um beijo enfeitiçado, pois não era boca beijando boca, mas alma beijando alma. Aconteceu tudo depressa, a vertigem da bebida, o aturdimento da tragada do cigarro sem filtro, o desejo se apossando de nós.

De repente, estávamos numa cama coberta de rosas vermelhas. O quarto exatamente como eu havia pensado. Vi na cabeceira um castiçal com três velas acesas. No ar, uma mistura de odores diversos, de rosas, gardênias, jasmim, suor de mulher. Numa das paredes, havia uma aquarela em tons cinza e verde-musgo, com dois amantes a se fitarem e um harpista ao redor deles. A mulher era Maria da Terra, o homem... Meu Deus, se eu pudesse acrescentar alguns anos e algumas rugas àquele rosto, diria com certeza que se tratava de mim. Estonteado, tentei fixar os olhos naquelas imagens, mas isso era impossível, porque elas se moviam freneticamente, entre luzes e sombras. Subitamente, ressoaram acordes de harpa. Nesse momento, Maria da Terra me abraçou com mais força e me olhou demoradamente. Tive a impressão, nesse exato instante, de que eu a conhecia de longa data e estava reencontrando-a após uma longa e terrível separação.

Maria da Terra se aproveitou da penumbra do quarto para, primeiramente, se desfazer do lenço e depois das roupas. Completamente nua, dançou imitando uma odalisca, flutuando na luz enfraquecida das velas, refletindo-se nas paredes e no teto. Suados, quase sem respirar, atordoados de desejo, a gente se amou sobre as rosas vermelhas.

Permanecemos juntos até quase amanhecer. Clareava quando ela deu um salto da cama, dizendo estar atrasada para não sei o quê. Arrumou o lenço na cabeça, meio desajeitada, e esqueceu as roupas no chão. Deu-me um beijo no rosto e exclamou:

— Ah, meu amor, depois de tanto tempo!

Despediu-se apressadamente, do jeito que se encontrava, inteiramente nua. Apenas apanhou o castiçal, as velas vermelhas e a aquarela dos amantes melancólicos, antes de correr para a janela e saltar no espaço.

— Maria da Terra! Maria da Terra! – tentei segurá-la, em vão.

— Tenho de ir embora, Jorge Canto!

Levitando, abriu os braços, pronta para voar. Gradativamente, foi perdendo a condição humana, a voz de mulher, a fragrância de jasmim. Tive a impressão que ela adquiria o resplendor de uma figura sagrada, uma deusa que brilhava com sua coroa de diamantes.

— Maria da Terra! Maria da Terra! – gritei.

Ela nada disse.

Antes de clarear completamente, aquela mulher já estava rodeada por suas princesas e lobos, cruzando a manhã cinzenta do temporal que havia caído durante a madrugada e que dizimara metade da cidade.

Lembrei-me de dona Rute e de suas afirmações recolhidas em transe. Gritei, então:

— Hécate!

Ela se voltou para mim. Dirigiu-me um olhar incisivo. Rápido, fugidio, talvez um pouco aflito. Depois se voltou para o céu e para os ventos. Foi desaparecendo na manhã entremeada de sombras. Ainda faltava algum tempo para amanhecer por completo.

Pensei que estivesse dentro de uma miragem. Mas mudei de ideia quando, deitado na calçada e despertado pela água fria da tempestade, vi a garrafa vazia de champanhe, alguns cigarros sem filtro fumados pela metade e uma dúzia de rosas vermelhas. Tudo no meio da enxurrada que descia pela rua, entupindo os bueiros, inundando as casas. Que acontecera? Dormi ali na calçada? E Maria da Terra?

Eu me levantei e vi que estava vestido, todo encharcado. Do outro lado da rua, o botequim se encontrava fechado, mas tive a impressão que o seu dono me olhava pelas frestas da porta. Algumas mulheres se comprimiam nas janelas dos balcões dos sobrados, preocupadas em fechá-las, protegendo-se da chuva forte. Gritei: Cadê Maria da Terra? – gritei muitas vezes, sem resposta. Nada. Ninguém falava. Só se ouvia o barulho da chuva.

Somente a chuva. A voz forte da chuva.

Capítulo 7 – Belzebu

Os meus gritos trouxeram algumas prostitutas às janelas dos sobrados. Ainda chovia forte. Indaguei:

— Que aconteceu? Isso parece um dilúvio!

Uma das mulheres respondeu:

— Uma tromba d'água caiu de madrugada, transbordou o rio que corta a cidade, inundou as casas, provocou avalanches, matou muita gente. Muita desgraça na cidade.

Tromba d'água, que tromba d'água na madrugada? E Maria daTerra?

Raciocinei depressa. Eu havia dormido na calçada. Não senti chuva alguma. Senti-me inteiramente desnorteado. Ali estavam os restos de bebida, cigarros, flores vermelhas. Que acontecera, afinal de contas? Lá do botequim veio o som alto de rádio. Atravessei a rua, bati na porta, pedi licença para entrar. Entrei e tomei um copo de café bem quente. Escutei as notícias. No tumulto generalizado do centro da cidade, muita gente estava se aproveitando para saquear o comércio. O locutor dizia que a polícia e o Exército estavam na rua. E recomendava que ninguém saísse de casa. Que se estocassem alimentos e água potável. Que se esperasse a calmaria.

Bebi mais um pouco de café e pedi um sanduíche de queijo. Tremia de frio, todo molhado. Senti vontade de ir embora. Deixei a rua dos prostíbulos e me dirigi até a praça da Matriz. Presenciei o horror na cidade. Apesar da presença da polícia e dos soldados nas vias públicas, saqueava-se por toda parte. O Mal fazia valer sua primazia no meio da calamidade.

Moradores desesperados saíam às ruas, apesar das recomendações em contrário das autoridades. Todos tinham medo da inundação das ruas, da lama fétida, da abertura de crateras nas avenidas, do desmoronamento das casas. Muitos haviam sido surpreendidos, em pleno sono, pela invasão das águas e pelo movimento sub-reptício dos meliantes. Uma mulher se manifestava:

— Eu estava dormindo quando vi a lamaceira entrar no quarto e a água suja sair do vaso sanitário. Misturou lama e esgoto dentro de casa. E agora são os marginais que vêm nos aterrorizar...

Atônitos, os policiais não davam conta de suas missões. Atiravam para cima, tocavam as sirenes, atacavam os bandos de saqueadores, sofriam as tocaias dos bandidos e solicitavam o auxílio do Exército. Mesmo quando apareceram os tanques e suas metralhadoras bem apontadas para as turbas enfurecidas, o horror teve continuidade. Os soldados, com ordens expressas de fazer o impossível para restabelecer a ordem pública, levavam pedradas. Algumas de suas armas cuspiram fogo a esmo, na tentativa de dispersar a multidão.

As ruas ficaram congestionadas de soldados e veículos militares. Chovia forte. Eu caminhava com dificuldade, desviando-me dos mortos estendidos nas calçadas, enfiando o pé na lama que entupia os bueiros. Alguns cadáveres boiavam no rio transbordado que cruzava a cidade.

Sentei-me debaixo de uma marquise. À minha frente, os destroços por toda parte e, mais adiante, as barricadas de sacos de areia da tropa. Aos soldados o povo pedia que encontrassem um parente soterrado, que cedessem um copo de leite para um recém-nascido, que fizessem o parto de uma mulher nas últimas, que providenciassem comida para os famintos, que trouxessem cobertores e ambulâncias, que enterrassem os mortos.

Das barricadas, os soldados diziam que suas casas haviam sido também destruídas, que estavam ali fazendo valer a lei e a ordem, mas nem por isso eram menos vítimas, porque a maioria deles vinha da ralé e morava na periferia, onde os desmoronamentos se multiplicavam em proporções hiperbólicas. Eles também lamentavam a morte de parentes e se sentiam desamparados, mas, por força do dever e porque aos soldados não se concede o direito às lágrimas, precisavam se concentrar nas ordens de conter a violência, os desmandos, os saques, os estupros. Para isso, demandavam que todos se retirassem dali e retornassem às suas casas, ou do contrário "essas metralhadoras vão ter alvo certo e tirar sangue de quem estiver no caminho, seja culpado ou inocente".

Muita gente foi embora. Outros permaneceram. Alguns se valeram das marquises quando a chuva se intensificou para valer. Houve gente que se enrolou em cobertores esfarrapados para se proteger do frio e da umidade. De um grupo que estava ao meu lado, uma mãe mandou o filho pequeno, que não devia ter sequer dez anos, às barricadas da tropa, para pedir comida. Ele voltou, minutos depois, carregando enlatados, mas, no meio do caminho, foi cercado por outros meninos que lhe roubaram as latas e saíram correndo.

A mãe do garoto se levantou e correu atrás das crianças ladronas. Inutilmente. Seu filho, então, sem precisar de ordem, retornou às barricadas e pediu comida novamente. Os soldados lhe deram mais enlatados. Ele pôs as latas dentro de um saco plástico e correu até o outro lado da rua. Chamou a mãe. Ela se aproximou dele, ofegante, e agarrou o saco plástico com os enlatados, e depois o cobriu de beijos. Vendo que corriam risco de serem assaltados, os dois correram dali e sumiram na esquina seguinte.

Os soldados gritavam:

— Vão embora! Vão embora!

Mas o povo queria comida, cobertores, remédios.

Chovia forte. Muito forte. E essa confusão durou o dia todo. Só foi estiar no final da tarde. Exceto as tropas e os marginais, já não havia mais quase ninguém nas ruas, que estavam praticamente desertas. Faltava pouco para escurecer. Tomei, então, o rumo de casa. Eu sentia fome. Pensei em dona Rute e num prato de sopa. Voltou a chover.

***

Cruzei aquela parte da cidade em ruínas quase no lusco-fusco e me perdi naquelas ruas destroçadas. Escuridão e chuva forte. Não se via quase nada por causa da neblina muito densa no escuro da noite. Brumas misturadas com tempestade. Minha cabeça doía muito. Começava a ser tomado por alucinações. Sentia fome e frio. Precisava chegar a casa e beber a sopa de dona Rute. Caminhei, capengando, quase sem forças. Andei e andei. Parecia uma caminhada sem fim. Acabei deparando com um beco fedido de excrementos, onde alguns homens discutiam entre si. Ao redor deles, muitos detritos, muita lama, muita sujeira. Gatos pretos saltavam por sobre as latas de lixo. Cachorros uivavam no fundo do beco.

Vários desses homens estavam ajoelhados, acendendo velas pretas em torno de garrafas e copos de aguardente. À frente deles, escorado na parede, um menino de olhos vendados soluçava. Todos pareciam esperar alguém.

Do escuro, subitamente, apareceu um vulto de grande estatura, usando chapéu e roupas negras. Trazia na mão um grande tridente. Ao deter-se diante das velas, foi saudado militarmente pelos homens que o aguardavam. Ele pareceu rir ao ver o menino, mas, ao notar minha presença, gritou:

— Quem é ele?

Os outros se voltaram para mim.

— Ele quem? – um deles indagou.

— O intruso – rosnou o vulto.

Os homens nada disseram, surpreendidos. Eu me adiantei e disse:

— Eu me perdi. Estava indo para casa.

— Deu azar, então – vociferou o vulto.

— O que vão fazer com o menino? – perguntei.

— Será imolado! – respondeu o vulto.

— Por quê? – assustado, ousei perguntar.

Os homens não haviam saído do lugar, aguardando apenas um sinal do vulto para agirem.

— Em meu louvor!

— E quem é você?

— Belzebu, o anjo do Apocalipse. Aquele que, quando for aberto o Sétimo Selo, vai esperar o quinto toque de trombeta para sair dos abismos e comandar os gafanhotos e os escorpiões contra o mundo.

— Eu não entendo.

— Nem vai entender. Mas por que se importa com este menino largado no mundo? É apenas um pequeno criminoso, não nasceu para crescer, mas para viver pouco. Se não morrer agora, vai morrer na mão dos outros, a qualquer instante. Por que sentir piedade por este estrume?

— É uma criança! – repliquei.

— Que diferença faz mais um ou menos um? – continuou Belzebu – Ele começou furtando na quitanda e hoje mata para sustentar os muitos vícios. Não são as próprias pessoas de bem que desejam, para a assepsia do mundo, a eliminação sumária desses pequenos marginais? Por que você se incomoda por ele?

— Vou chamar a polícia! – ameacei.

Belzebu gargalhou. Os homens também. Um deles tirou a venda do menino, que deu um passo à frente e cuspiu um resto de droga, cambaleando, quase caindo com o peso do próprio corpo. Ele não tinha a mínima ideia do que estava para acontecer. Instintivamente, contudo, percebeu o perigo e, acuado, tentou escapar. Foi impedido, agarrado pelos vassalos de Belzebu.

Assustado, eu também quis fugir, mas uma força invisível me reteve no beco. Inerte, ali permaneci. Um capanga de Belzebu se aproximou e me apontou uma faca. Fui mantido sob a vigilância dos homens com suas lâminas afiadas. Vi então Belzebu cravar um punhal no peito do menino. Várias vezes. Feito isso, ele retirou a lâmina subitamente e deixou o sangue esguichar. O esguicho de sangue o enchia de prazer. Um dos seus asseclas recolheu o sangue numa cuia e a passou de mão em mão, entre os companheiros. Todos beberam a gosma vermelha e quente. Uma seita satânica! Eu estava num ritual de magia negra! Queria escapar, correr, gritar, porém o pânico me imobilizava.

Belzebu, em seguida, introduziu em si mesmo o punhal com que matara o menino. Ele se alimentava dessa forma, engolindo a alma da criança imolada. Subitamente, criei coragem, rompi a inércia daquele pavor, empurrei o sujeito que me vigiava e, ao invés de fugir daquele beco, me movi para enfrentar o demônio. Tentei pegar o punhal de suas mãos, mas, em minha primeira investida, percebi que era um esforço em vão o de enfrentar o demônio: cruzei aquela figura negra como quem transpassa um corpo de sombra. Ele sumiu diante dos meus olhos.

Estremeci de pânico. Outra vez, eu me confrontava com o sobrenatural. Olhei ao meu redor e vi os homens se aproximarem de mim. Eu seria o próximo a morrer. Eles não queriam testemunha do crime. Cercaram-me.

Eu gritei. Várias vezes. Com todas as forças dos pulmões. Por sorte minha, um soldado que patrulhava as imediações me escutou. Veio até o beco, acompanhado de mais dois companheiros, todos armados de fuzis. Quando viram os homens, as velas acesas, o menino estirado no chão, os signos de magia negra, e me escutaram gritar outra vez, não vacilaram e atiraram. Rajadas de fuzil cortaram a escuridão.

Joguei-me no chão. As balas pegaram um ou dois homens de Belzebu, mas a maioria conseguiu escapar. Os soldados, de péssima pontaria, porém extremamente ágeis, vieram correndo ao meu encontro. Queriam saber o que tinha acontecido. Eu mal conseguia falar. Estava em estado de choque. Um deles me levou para fora do beco e me disse para ficar esperando o médico. O outro apanhou o rádio e pediu reforços, comunicando o ocorrido.

Quando outras tropas começaram a chegar, os soldados deixaram de prestar atenção em mim. Escapuli pelo escuro da chuva. Saí correndo e peguei o rumo de casa. Fustigado pelo medo, me orientei precariamente através da noite chuvosa e cheguei, finalmente, a casa, onde dona Rute me esperava, muito ansiosa.

Ela me viu da janela. Com toda a urgência, apressou-se em abrir a porta, me abraçou e, sem dizer nada, me conduziu para dentro. Trouxe-me toalha e roupas secas. Enquanto eu me trocava, ela esquentou sopa de carne e legumes. Depois, eu jantei em silêncio, o assombro estampado no meu olhar. Eu não conseguia dizer nada. Mas ela me olhava como quem já soubesse de tudo o que ocorrera. Mesmo assim, esperou que eu terminasse a sopa e ganhasse força para lhe contar tudo.

Ela perguntou:

— Que aconteceu?

— Tanta coisa...

— Conte tudo...

— Primeiro: Maria da Terra! Hécate!

— Ah, ela lhe apareceu! E depois?

— A chuva forte! A desgraça! E Belzebu...

— O Anjo Rebelde...

Eu a olhei sem nada compreender.

— Por que isso está acontecendo comigo, dona Rute?

Ela não me respondeu. Apenas me abraçou. Depois me disse que havia chegado a hora de me preparar para o confronto com Belzebu. Apesar de quase cem anos de idade, dona Rute se moveu com relativa prontidão, levando-me até o oratório. Lá acendeu uma vela e se pôs a rezar. Após alguns minutos, entrou em transe e se manifestou com uma voz enrouquecida.

Dona Rute – ou o seu gênio protetor, uma divindade dos ventos – apanhou, no oratório, uma faca de ferro e uma vasilha de barro, dirigindo-se para o quintal. De lá trouxe um pouco de terra negra, que misturou com água-benta e mel. Ajoelhou-se perto de mim, sussurrou certas fórmulas de magia e, depois de alguns instantes, previu os meus confrontos contra Belzebu dentro da história de Hécate. Em seguida, apanhou aquela mistura da vasilha de barro e foi passando em mim, dizendo que era para fechar meu corpo contra o anjo decaído. Não sei quanto tempo durou aquele benzer e rezar. Batizado com as lágrimas de Nossa Senhora, com a terra preta e fértil das colheitas e com o mel que adoça o amargor das almas, eu me senti forte para enfrentar todos os demônios do mundo.

Deu-me a negra, então, um anel de rubi, advertindo-me:

— Use este anel quando estiver cheio de dúvida ou pensando que a loucura se instalou em sua mente!

— Que devo fazer com o anel, dona Rute?

— Não tire o anel do dedo. Na hora da necessidade, esfregue a pedra de rubi e faça o sinal da santa-cruz, firmando o pensamento em Nossa Senhora...

Eu estava pronto para enfrentar Belzebu.

— Agora você precisa descansar.

Ela me fez deitar no assoalho da sala e me deu um cobertor. Caminhou na direção da porta e fincou a faca de ferro na entrada da casa, evitando o assédio dos demônios que rondavam as imediações. Depois, dizendo que a gente precisava descansar, ajoelhou-se no assoalho e se estremeceu toda, desfazendo-se do transe. A divindade dos ventos foi embora e me deixou na companhia da negra de olhos enigmáticos, a Senhora da Faca de Ferro.

***

No dia seguinte, bem cedo, dona Rute me despertou. Serviu-me o desjejum e me passou as últimas instruções. Espiou pela janela e me apressou.

— Chegou mesmo a hora, dona Rute?

— Sim, Jorge Canto. Agora, é preciso que você vá embora.

— Aonde vou?

— Andar pelo mundo.

— Fugir de Belzebu?

— Enfrentar Belzebu.

— Sinto medo.

— Um pouco de medo ajuda a brigar.

— Que devo fazer?

— Vá para os campos, vá seguindo o Sol...

— E Belzebu? E os capangas dele?

— O tempo todo no seu pé. Sem lhe dar sossego.

— E como vou me proteger?

— A divindade dos ventos vai mandar um protetor.

— Que protetor?

— Um anjo da guarda.

— Para quê?

— Você e ele lutarão contra Belzebu. Por você e por Hécate.

— Que ela tem a ver com tudo isso?

— Em breve, você vai saber de tudo.

— Por que a senhora sabe disso tudo?

— Fui escolhida para ser a mediadora entre vocês. Vejo tudo nos meus sonhos. E esta noite sonhei muito novamente.

— Me diga o que viu neste seu último sonho.

— Vi um sino de igreja badalando. Era meio-dia, você esfregou o anel de rubi, se benzeu e veio o anjo em forma de menino.

— Ah o anjo da guarda!

— Ele mesmo.

— E depois, dona Rute?

— Vi a casa humilde de uma mulher do campo.

— Que havia na casa?

— Espíritos.

— Fazendo o quê?

— Conversavam sobre a aflição de Hécate.

— Hécate, aflita? Por quê?

— Por causa de Belzebu.

— Que ela tem a ver com Belzebu?

— Os dois estão brigando.

— Brigando por quê?

— Não sei dizer.

— Sinto medo.

— Precisa de fé e coragem.

— Me sinto fraco.

— A fraqueza vem da dúvida.

— Vou confiar no que a senhora está me dizendo.

— Nunca duvide.

— Vou lutar.

— Isso. Está na hora de você ir embora.

— Quando vamos nos ver novamente, dona Rute?

— No fim de sua viagem. A gente vai se encontrar numa casa de pedras, perto de uns rochedos com formato de gente e flor. Na frente da casa, há um córrego de águas límpidas e muitos seixos.

— Onde fica isso?

— Longe, muito longe, no Oeste.

— No poente?

— Sim, onde as almas vivem.

— Então a gente vai morrer antes?

— Nem todo mundo morre. Alguns se encantam e retornam ao invisível sem conhecer a morte.

— Como assim, dona Rute?

— Na hora certa você vai saber.

Ela se calou e eu não perguntei mais nada. Beijou-me no rosto e se despediu. Encontrei coragem naquele plácido olhar. Para ela, eu era um forte, um homem pronto para enfrentar as forças das trevas. Abriu a porta e me encorajou a cumprir meu destino.

Disse-me ainda:

— Depois que você fizer sua parte, Hécate será feliz; e Ártemis terá o seu reencontro com o professor Zenildo e dona Gabriela...

Segui meu caminho. Dona Rute se trancou em casa. Lá dentro, ela se deitou sobre um lençol florido, rezou longamente até se livrar do corpo secular e dar início a uma viagem, por veredas invisíveis, no rumo do poente. Ela iria me esperar, a partir de então, na casa de pedra encravada em rochedos com formato de gente e flor, próxima a um lago de águas límpidas e profundas, em cujas margens se viam muitos e muitos seixos.

Capítulo 8 – Dona Agnes e Benjamim

Andei apressado. Sem parar. Ainda havia tropas distribuídas pelas ruas da cidade em tumulto, soldados engajados em controlar os distúrbios, os saques, a calamidade. As tropas do Exército, da polícia e dos bombeiros desenterravam mortos dos destroços, resgatavam sobreviventes do meio de escombros, transportavam feridos para os hospitais de campanha instalados na praça central da cidade. Eles se deslocavam de um ponto a outro, ora para resolver emergências de explosões nos circuitos de gás subterrâneo, ora para evitar o saque do comércio, ora para evitar a invasão das propriedades privadas e públicas, ora para apoiar os funcionários extenuados da Defesa Civil. Muitas casas e prédios corriam o risco de desabar a qualquer momento. Havia muita apreensão, muito medo.

Amanhecia. Segui o sol. Para trás deixei a cidade em pânico. À minha frente, uma estrada para longe dali, terras cultivadas, morros verdejantes, montanhas no horizonte. Passou um caminhão de uma cooperativa de leite. Peguei carona. Percorri um longo trajeto em sua carroceria. Depois desembarquei e segui caminhando, balizado pelo sol. Andei muito durante a manhã. De vez em quando, deparava com os camponeses. Famílias inteiras passavam por mim, carregando enxadas, foices e o hábito milenar de semear a terra e envelhecer precocemente debaixo do sol. Sua vida era simples. Espalhar sementes no campo, ver o dia nascer e se pôr, voltar para casa conversando pela estrada, comer verduras e legumes da própria horta, dormir cedo.

Alguns camponeses eram afáveis, hospitaleiros, atenciosos; outros, arredios, praticamente hostis. Ao conversar com eles, percebi que vários suspeitaram de minhas perguntas e das histórias que contei. Queriam saber para onde eu estava indo. Eu respondi que precisava seguir em frente, na direção do Sol. Eles estranhavam o fato de um homem andar sem saber aonde quer chegar. Não dei importância a isso. Segui em frente. Caminhei mais um par de horas até deparar com uma pousada, aproximadamente às onze da manhã.

Era um sobrado rústico na beira da estrada, todo de madeira. Em seu térreo funcionava uma taberna. No andar de cima, havia quartos para pernoite. Na taberna também se serviam refeições na hora do almoço e do jantar. O sobrado estava malcuidado, parte dele precisando de reparos urgentes. Eu me aproximei e puxei conversa com uns homens que se encontravam jogando cartas, à entrada da taberna. Um deles me aconselhou:

— Se está com fome, vá comer o torresmo da Gorda!

Entrei. Vi retratos de santos e calendários fixados nas paredes. No balcão, um sujeito de meia-idade, bastante magro, servia bebida e, ao fundo, na cozinha à vista dos demais, uma mulher gorducha, encharcada de suor, fritava torresmo e aquecia a comida do almoço. Ela me viu. Pressentiu meus apuros e, sem que eu esperasse por isso, veio conversar comigo.

Falei da calamidade e do caos da cidade. Ela me ouviu com interesse. Depois contei de Belzebu e dona Rute. Ela ficou me olhando com os olhos repletos de perplexidade. Por que eu estava lhe falando tudo aquilo? Silenciei de repente, constrangido por estar relatando aquelas asneiras todas para uma pessoa a quem eu via pela primeira vez. Debruçada sobre o balcão, a Gorda me examinou da cabeça aos pés e me perguntou se tudo era verdade mesmo ou se havia um pouco de mentira ou exagero naquele relato. Eu disse que tudo era verdade. Mas eu não sabia por que estava lhe contando aquilo.

— Aqui me conhecem por Gorda, mas meu nome é Agnes. E o seu?

— Jorge Canto.

— Você quer almoçar?

— Quero.

— É por minha conta.

— Tenho dinheiro. Posso pagar.

— Já disse. É por minha conta.

— Está bem. Obrigado.

— Está indo para onde?

— Na direção do Sol. Estou fugindo.

— De quem?

— De Belzebu. Mas não vou perturbar a senhora com esta história novamente.

— Pode falar. Sou paciente para ouvir. Conheço bem a impaciência dos outros quando a gente precisa falar e não tem uma pessoa que escute. Também tenho uma história estranha como a sua.

— Qual é sua história?

— Tive marido e filho. Toda vez que falo deles me emociono.

— Chorar tira a amargura.

— Meu marido morreu de coração gordo. Tanta bebedeira, tanta comida gordurosa, tanto aborrecimento. A pressão arterial vivia alta, descontrolada. O coração ficava num tique-taque enlouquecido. Ele sentia falta de ar. Num dia de muito calor, ele foi roçar numa fazenda perto daqui e nunca mais voltou. O jantar dele esfriou na mesa. E como desgraça de pobre vem sempre acompanhada de outra pior, logo perdi meu menino. Com sete anos de idade, me vendo tão agoniada, ele não sossegava mais em casa, saía para procurar o pai, fosse dia, fosse noite. Eu não me importava quando ele desaparecia pelos campos durante o dia. Mas de noite, não, de noite eu não podia permitir. Ainda ralhei com ele: "Menino, criança não anda sozinha em noite escura! Tu pensa que pode sair assim, sem medo de nada? Vai dormir!". Mas ele me desobedecia, saía escondido, e também desapareceu.

— Desapareceu?

— Aqui tem dessas coisas do outro mundo. Há pessoas que morrem e há pessoas que desaparecem, se encantam. Aquela era noite de Finados e até hoje se diz que as bruxas, nessa ocasião, costumam aparecer na estrada para raptar as crianças perdidas. Ninguém sabe de onde elas vêm. Acho que vivem nas cavernas desses morros, nesses buracos sem fundo, onde, em outras épocas, escravos iam catar ouro e morrer no escuro com falta de ar.

— Quando seu filho desapareceu?

—Faça as contas. Tenho hoje setenta e cinco anos. Tive o menino muito mocinha, com apenas quatorze anos. E faz cinquenta e um anos que eles sumiram! Podiam ser cem ou duzentos anos, dava no mesmo, porque parece que foi ontem...

— Às vezes é melhor esquecer. A tristeza mata.

— O silêncio mata muito mais depressa. Ficar calado é um malefício muito maior. É o mesmo que morrer com as feridas da alma todas abertas. É isso o que faz a alma penar: morrer com suas feridas ainda sangrando. Eu, não! Eu não quero morrer assim. Vou falar até as feridas secarem. Aqui, neste lugar, Jorge Canto, ninguém tem mais paciência de me ouvir. Todos conhecem minha história de cor e salteado e até se atrevem a me corrigir quando eu mudo algum detalhe. Caçoam de mim, porque estou ficando velha, e a velhice enfraquece a memória. A gente esquece as dores pequenas e fica só com as grandes.

— Eu só vim piorar sua situação. Em vez de trazer coisa boa, trago o contrário. Poderia ter trazido seu filho, mas quem vem atrás de mim é o demônio.

— Quando você chegou, eu me assustei, mas não foi por causa do demônio. É que eu tive a impressão de ter visto meu menino entrando na taberna junto com você. Foi isso mesmo. Eu vi o menino ao seu lado. Ele até lhe deu a mão.

— Como pode ser isso? Entrei sozinho. Não havia menino comigo.

— A velhice enfraquece a vista também. Sei disso. Mas eu lhe juro que vi o meu menino entrando na taberna com você, do jeito que ele era com sete anos de idade, com aquela cara de criança desobediente.

— Entrei sozinho. Já lhe disse.

— Já ouvi. Mas me deixe lhe dizer uma coisa: quando se enfrenta o Diabo, se tem dois caminhos: ou se enfrenta o Diabo ou se foge do Diabo. Você quer fugir ou enfrentar?

— Enfrentar, claro. Mas como se enfrenta o Diabo?

— Termine seu almoço primeiro. Depois venha comigo até minha casa. Vamos conversar com minhas divindades, elas vão lhe ajudar. Você acredita em espírito?

Lembrei-me, então, do último sonho de Rute:

"Escutei um sino de igrejinha badalando ao meio-dia, e vi você esfregando o anel de rubi, e logo depois veio seu protetor, um anjo em forma de menino. Também vi a casa humilde de uma mulher de campo, onde divindades falavam de Hécate e de Belzebu. Vi também o fim de sua viagem: você vai se reencontrar comigo numa casa de pedra, perto de uns rochedos com formato de gente e flor; na frente da casa, há um lago de águas límpidas e profundas, com muitos seixos nas margens."

Naquele instante deu meio-dia. Escutei os toques longínquos dos sinos da igreja do povoado que ficava nos arredores. Outra vez me lembrei de Rute e, incontinenti, fiz o sinal da santa-cruz e esfreguei o anel de rubi. Inesperadamente, um menino cruzou a porta de entrada da taberna. Caminhou em minha direção, pediu licença para se sentar e disse:

— Cheguei na hora certa, andarilho.

Agnes se interpôs entre nós. Ela balbuciou, emocionada:

— Benjamim!

— Mãe!

— Meu filho, aonde você foi?

— Mãe, agora sou um menino invisível. Protejo andarilhos.

— Pode até ser alma. Mas ainda é meu filho e me deve umas boas respostas. O que aconteceu naquela noite?

— Fui procurar o pai no roçado e me perdi. Estava muito escuro. Saí pela estrada gritando por ele. Andei muito mesmo, fiquei cansado e perdido. Rezei muito, e as almas benditas apareceram.

— As almas benditas ou as bruxas das estradas?

— As almas benditas, mãe. Elas vieram me proteger contra as bruxas. Eu fui com elas porque quis de vontade própria, e depois vi papai ao lado delas.

— Ah, aquele desnaturado! Mais de cinquenta anos de espera, Benjamim! E eu cheguei a sonhar tantas vezes que uma cobra tinha te picado, aquele roçado era cheio de serpentes...

— Uma delas me picou, sim, mãe. Mas eu saí correndo pela estrada, gritando pelo papai. Então, eu nem senti mais a dor, nem o ardor do veneno. Foi quando as almas benditas e o papai me chamaram, e eu fui correndo...

— Uma cobra picou o meu menino, eu sabia!

— Picou, mas eu não morri, não, mãe! As almas benditas me encantaram!

— Por isso você continua menino depois desse tempo todo?

— Encantado não envelhece, mãe.

— E como faço para te desencantar?

— Não posso ser desencantado.

— Por que não?

— Aí eu teria de morrer.

— E o que veio fazer aqui?

— Ajudar este andarilho.

— E como vai ajudar Jorge Canto, que está fugindo do Diabo?

— Ele vem comigo agora. A gente vai sumir pelas estradas, se esconder na mata, subir montanhas, entrar em cavernas. A gente tem de ir embora. Não pode mais ficar. Belzebu quer pegar este andarilho, porque ele veio para ajudar a Hécate.

— Explica isso direito.

— Não dá tempo, mãe. É que o sol vai escurecer. Um eclipse de Belzebu. Os homens do Diabo vão se aproveitar da escuridão para pegar o moço. Por isso a gente precisa ir embora. Mas a gente vai voltar. Deixe a porta de casa encostada. Não vamos demorar. E vamos precisar da senhora.

— Está bem, meu filho, mas prometa que não vai desaparecer mais.

— Eu prometo voltar logo, mãe. Mas agora é preciso correr daqui.

— Ele sabe o que está falando, dona Agnes.

— Está bem, Jorge Canto.

— Venha comigo, andarilho, venha logo.

— Já vou. Só quero me despedir de sua mãe.

— Não há tempo. A gente precisa sair daqui antes que o dia vire noite. Se virar noite completa, Belzebu vai chegar e tomar conta de tudo. Eu não vou poder fazer mais nada. Então venha comigo agora.

— Está bem, está bem, já vou.

— Vá logo, Jorge Canto. Benjamim deve ter razão no que está falando.

E o eclipse do sol foi, de fato, acontecendo. Lentamente. Benjamim me puxou pelo braço. Saímos os dois correndo, sem olhar para trás, alcançando a estrada escurecida pela noite precoce de Belzebu. Não dávamos trela àquelas sombras que vinham de todas as partes. Só fazíamos correr.

Quando paramos para descansar na beira de um córrego, o menino tocou em minha testa com a ponta dos dedos e me encheu de vigor e coragem. Eu não sentia cansaço. Poderia correr muito mais, se fosse preciso. Ele riu para mim. Eu precisava seguir aquela marcha até o poente, onde as almas vivem e onde dona Rute me esperava. Ri para Benjamim, e ele começou a desfazer, com suas mãos santas, a escuridão prematura da tarde.

Capítulo 9 – Cérbero, Kaobi e Hades

Andamos até anoitecer. Abandonamos a estrada, rastejamos por baixo de cercas, atravessamos pastos e nos escondemos na mata perto do rio. Benjamim procurava a lua por entre as folhagens, às vezes subindo nas árvores para melhor ver o céu, mas naquela noite só havia muitas sombras no ar. Permanecemos escondidos até amanhecer.

Ao raiar do dia, recomeçamos a andar. O menino se antecipava aos perigos, evitando as trilhas suspeitas. Por fim, depois de algum tempo de caminhada, deixamos a mata e retornamos à estrada. Eu sentia fome. Benjamim abriu seu alforje e retirou um pedaço de pão.

— Coma devagar, só tem isso.

— E você, não come nada?

— Não sinto fome.

Caminhamos boa parte da manhã. Quando o sol estava bem alto, vimos uma casa abandonada, meio em ruínas, mas ainda com telhado. Benjamim se aproximou e, depois de examinar os arredores, me disse:

— Fique aqui, andarilho, e descanse. Não se preocupe. Os demônios costumam dormir durante o dia.

— Aonde você vai, Benjamim?

— Preciso me encontrar com Cérbero, o guardião do mundo das almas. Volto já.

Ele tomou uma trilha que dava num arvoredo e pareceu sumir na vegetação. Escondi-me na casa abandonada. Peguei no sono.

***

Acordei no meio da tarde, mais para perto de escurecer. As cigarras cantavam muito. Espiei pelas frestas das paredes e vi Benjamim se aproximando. Quando chegou, pôs a mão no alforje e tirou frutas. Indagou se eu estava com fome. Nem respondi, peguei manga e goiaba. Enquanto eu comia, ele se sentou ao meu lado e me disse que iríamos encontrar Cérbero naquela noite.

— Quem é Cérbero?

Ele me respondeu:

— Hoje ele é o guardião de todos os cemitérios do mundo. Ele é quem guarda as chaves das igrejinhas dos cemitérios, onde os demônios não têm permissão para entrar. As almas benditas dizem que ele tem seiscentos e sessenta e seis anos de idade. É uma idade fixa. Mas, muitos séculos atrás, quando o mundo começou a existir, ele era uma mistura de homem e lobo, uma figura monstruosa, filho de serpente e dragão. Guardava o Inferno e acompanhava Hécate quando ela visitava as encruzilhadas. O Diabo dispensou os préstimos dele após ele ser vencido várias vezes por deuses e humanos que desceram ao Inferno e de lá conseguiram escapar. Dizem as almas benditas que ele começou a se enternecer no dia em que o Inferno foi invadido por um deus chamado Orfeu, que tinha por arma apenas uma harpa. Ele se deixou fascinar pela música e, por causa disso, o Diabo o expulsou de lá. O Deus do Céu, então, teve pena dele e lhe deu a guarda das igrejinhas dos cemitérios. Algumas almas benditas afirmam que essas igrejinhas são a mesma coisa que um rio de águas geladas que faz fronteira entre o mundo dos vivos e o mundo dos mortos. É de Cérbero a tarefa de encaminhar as almas ao Hades.

— E a que horas vamos falar com ele?

— Quando der meia-noite, ele vai esperar a gente no portão do cemitério do povoado. Ele vai conduzir a gente até a igrejinha. E depois vai repicar os sinos para chamar as almas benditas e pedir a ajuda delas na luta contra os demônios de Belzebu. Ele vai fazer isso por Hécate, que precisa muito de você, andarilho. Por isso ele vai lutar por você.

Eu me calei sem entender nada. Disse que estava pronto para retomar a caminhada. Deixamos a casa e pegamos a trilha que dava no arvoredo.

Já era noite quando avistamos, de longe, as luzes débeis do povoado. Dirigimo-nos ao cemitério. Lá, precisamente à meia-noite, Cérbero nos recebeu e nos conduziu até a igrejinha.

***

Escondidos na igrejinha, Benjamim e eu espiávamos pelas rachaduras da porta. Com extremo alvoroço, o exército de diabos penetrou no cemitério, comandado por um célebre centurião romano que, em séculos de outrora, perseguira ferozmente os cristãos nos desertos, nas florestas, nas catacumbas.

Tratava-se de um confronto de almas, uma guerra astral. Defronte da igreja, rodeado de espíritos amigos, Cérbero montava guarda, silencioso, imperturbável. Aquele que tinha sido na Antiguidade uma criatura amedrontadora não se intimidou diante da tropa de Belzebu. Conhecedor de todos os artifícios do Inferno, não vacilou sequer quando o centurião apontou-lhe uma espada em chamas com uma ordem para sair da frente.

Ao invés de dar passagem ao centurião, Cérbero empunhou o cajado e golpeou o chão, para que irrompesse uma tempestade e a terra toda tremesse. O comandante romano, habituado às batalhas, fez pouco caso da magia adversária e, manejando com destreza sua espada de fogo, ordenou o avanço de suas legiões. Os soldados investiram, arremessando as lanças.

As almas benditas se empenharam na defesa e no contra-ataque. Ajudavam Cérbero a rebater as investidas do exército do centurião. Aquela gritaria toda, aqueles relâmpagos se chocando com lanças, aquela guerra sobrenatural durou o resto da noite. Amanhecia quando se fez silêncio no cemitério.

Benjamim saiu da igrejinha, rondou as cercanias e me chamou. Disse-me que estava novamente de partida, agora para se aconselhar com suas avós do Céu e se preparar para a noite seguinte. Apontou a estrada e me indicou um rumo, me dizendo para seguir naquela direção. Em caso de perigo, "esfregue o anel de rubi, andarilho, que eu apareço". Prometeu retornar logo, disse mais de uma vez que não demoraria, apertou minhas mãos, afastou-se de mim, saiu caminhando, cruzou o portão do cemitério e foi se transformando em vento e poeira de estrada. O dia clareava por completo. Um raio de sol aqueceu meu rosto.

Vi a mangueira frondosa perto do cruzeiro. Muitas mangas no chão. Com fome, me aproximei. Peguei as frutas e permaneci ali, sentado, esperando Benjamim e me saciando da fome, à sombra das árvores. Só o silêncio entrecortado pelo canto dos pássaros, mais nada. Às vezes o vento zunia mais forte. Nada mais.

No meio da manhã, apareceu o coveiro. Passou por mim, me olhou, quis perguntar algo, mas logo desistiu de mim, seguindo apressado em seu caminho. É que havia trabalho pela frente. De repente, ouvi vozes. Vi uma gente se aproximando. Um grupo de homens, talvez uns cinco ou seis. Instintivamente me escondi por trás da capela. Eles passaram sem me ver e se dirigiram na mesma direção em que tinha seguido o coveiro.

Fiquei olhando de longe. O coveiro veio do fundo do cemitério e se encontrou com os homens. Conversaram um pouco. Depois todos se dirigiram para perto do muro dos fundos. Senti curiosidade em ver o que estavam fazendo. Então fui me esgueirando por entre os túmulos até me aproximar deles, sem ser visto. Escondido, permaneci a observá-los.

De um saco de estopa, o coveiro retirou pás e picaretas. Ele mesmo começou a cavar uma sepultura. Os outros apenas o olhavam. Depois de algum tempo, o coveiro largou a pá e se meteu no buraco. Os homens se aproximaram e lhe jogaram uma corda. Em alguns minutos, eles alçaram um caixão, que foi aberto em seguida. Tratava-se de um morto recém-enterrado, foi o que eu escutei o coveiro comentar. Um dos homens, com trejeitos de bruxo, se ajoelhou e, em dois ou três movimentos, enfiou na boca do cadáver primeiramente um pedaço de carne sanguinolenta, depois cachaça derramada de uma cuia. Feito isso, outro se acercou, dizendo em voz alta que ia costurar a boca, "como quem costura boca de sapo". Todos riram.

Terminado o trabalho, fecharam o caixão, repuseram-no na sepultura, colocaram a terra de volta e se sentaram para conversar. O coveiro fez sinal de que estava esperando seu pagamento. Recebeu dinheiro e riu, agradecido.

Satanismo na bela manhã de sol! "O Mal não tem hora nem circunstância para fazer das suas", talvez me dissesse dona Rute se estivesse presente naquela hora. Amedrontado, rastejei de volta para a capelinha, tomando cuidado para não fazer barulho. Mas quebrei uns galhos secos e chamei a atenção deles. Quando olhei para trás, eu os vi em movimento na minha direção. De um salto me levantei e saí correndo. Eles vieram atrás, aos gritos.

Corri no rumo da capelinha. Precisava escapar. Empurrei a porta da igreja e entrei. Escutei as vozes dos homens atrás de mim, experimentei um enorme pavor e, num gesto instintivo, esfreguei o anel de rubi. Subitamente, Benjamim reapareceu e, sem me perguntar nada, tirou do embornal um frasco com unguento de ervas e me untou o corpo. Ele o fez tão depressa que, no exato instante em que os homens apareceram à porta, eu estava, aos olhos deles, completamente invisível.

— Onde está ele?

— Sumiu!

— Como pode sumir?

— Ele viu tudo!

— Deve estar escondido!

— Procurem o intrometido!

Assim como não enxergavam Benjamim, tampouco eram capazes de me ver. Furiosos, retiraram-se. O menino cochichou:

— Vêm da parte de Belzebu!

— Fazer o quê?

— Pactos com as forças das trevas.

— Para quê?

— Para capturar você, andarilho.

Silenciei.

Benjamim foi até a porta e, depois de bem averiguar as redondezas, disse que não havia mais perigo. Encostou a porta e veio se sentar perto de mim.

— Estive com minhas avós do Céu... – disse ele.

— E o que elas disseram?

— Me deram conselhos.

— E o que mais?

— Estive também com minha mãe.

— Dona Agnes? Ela disse alguma coisa?

— Sim. Ela chamou Kaobi, o santo protetor dela, uma alma valorosa de índio. É um escudeiro de Xangô, a divindade dos raios e trovões. Kaobi é um caminhante de todas as veredas do mundo. No Dia de Finados, visita Hades. Nas noites de lua-cheia, bebe vinho com Hécate nas encruzilhadas. E ainda voa com os pássaros de Xangô.

— Kaobi! – exclamei, sem entender.

— No Céu – continuou Benjamim – tem uma velha índia que gosta de contar as façanhas de Kaobi. Ela diz que até os inimigos gostavam dele, porque, mesmo sendo um guerreiro muito bravo e destemido, era um valente de coração brando. Ela diz também que Kaobi foi bastante respeitado pelas tribos de todo o mundo. Em sua aljava, havia sempre sete flechas, e ele enfeitava os cabelos com uma pena dourada. Ele viveu nas cachoeiras e nos rios. Quando ele morreu em batalha, foi enterrado com uma pena dourada nos cabelos, o símbolo da brandura, e com a aljava contendo as sete flechas da valentia. Os povos dos quatro pontos cardeais vieram lhe fazer homenagem, cantando para ele durante sete dias e sete noites, ao redor das fogueiras.

— Que fará Kaobi, Benjamim?

— Ele vai lutar contra Belzebu, ao lado do exército de Hades, para salvar Hécate.

— Explique melhor.

— Ainda não, Jorge Canto.

— Por que não, Benjamim?

— É preciso antes falar com Hades.

— Quando?

— Espere.

— Onde?

— Aqui mesmo, Jorge Canto.

Tivemos de esperar o dia inteiro. Finalmente anoiteceu. Fazia muito silêncio dentro da igrejinha. Quietos, esperávamos por alguém.

***

Não sei a que horas Cérbero apareceu. Foi de repente que ele surgiu à porta da igrejinha. Apenas uma sombra e um cajado. Benjamim e eu nos aproximamos dele. Sem falar nada, ele levantou o cajado e o bateu contra o chão. Então as paredes da capelinha começaram a ranger e, no meio daquela escuridão, aquela pequena igreja deu lugar a um castelo medieval. Senti uma tonteira esquisita, algo próximo ao desmaio. Benjamim me puxou pelo braço, e eu segui com ele.

Atravessei o fosso do castelo por uma ponte de madeira escura e lodosa. Entrei. Tochas nas paredes clareavam precariamente um enorme salão. Centenas de espectros, todos usando capuzes, se voltaram para mim, sussurrando entre si. Cérbero trancou a porta, e as almas se calaram como antes. Avancei, acompanhado de Cérbero e Benjamim, até o trono de pedra, onde me esperava Hades, de capacete e armadura. Não consegui distinguir-lhe as feições.

Cérbero parou diante dele e, após se curvar numa saudação, disse:

— Eis o poeta de minha senhora Hécate!

— Jorge Canto! Seja bem-vindo! – disse-me Hades.

— Obrigado – balbuciei.

— Vem acompanhado de Benjamim.

— Protejo o andarilho.

— Sabe por que está aqui, Jorge Canto?

— Dizem que uma profecia...

— Vou lhe dizer por que Hécate o escolheu entre todos os poetas que vivem em minhas terras...

— Já vivi neste mundo?

— Sim, até ser escolhido por Hécate.

— Escolhido para quê?

— Para participar da história de Hécate. Ela quer renunciar à imortalidade. Mas Belzebu é contra, porque, muito, muito tempo atrás, ele a recebeu no Inferno e a tornou a deusa das feiticeiras, dando-lhe todo o poder e todo o conhecimento dos sortilégios. Para o Anjo Rebelde, trata-se de uma desfeita imperdoável. Ele a considera imprescindível nas encruzilhadas, onde recebe oferendas humanas em troca de favores e honrarias.

— Eu conheci Hécate. Maria da Terra.

— Maria da Terra: um dos seus múltiplos disfarces.

— Ela veio e desapareceu.

— Você não a esqueceu.

— Eu me lembro do seu cheiro de jasmim. Dos seus olhos. Dos seus cabelos. Do seu riso. Do seu amor.

— Hécate se tornou uma deusa triste. Por isso, diante de Elohim, renunciou à imortalidade em troca do amor humano. Belzebu se opôs, por se sentir traído. Logo ele, o grande traidor!

— Eu não entendo.

— Elohim é Deus, andarilho – sussurrou Benjamim.

— Elohim deu um prazo a Hécate – continuou Hades. Ela tem de provar a Belzebu que o amor humano existe. Então, Elohim me chamou e disse que eu acompanhasse Hécate numa peregrinação pelos meus domínios. Percorri com ela todas as épocas, procurando a alma sensível de um poeta. E encontramos você, desesperado nas ruelas de uma cidade incendiada durante as Cruzadas, inconformado com o desaparecimento de uma mulher. Você declamava lastimosos versos de amor. Hécate se comoveu e disse que, se eu o colocasse de volta na terra dos vivos, seria possível para ela viver com você um grande amor humano. Ela, então, desafiou Belzebu. Ao se encontrar com você, Jorge Canto, ela se convenceu de que seria possível vencer Belzebu. Assim acontecendo, poderá renunciar à imortalidade.

— Ela quer o meu amor para morrer?

— Ela não precisará vir para o Hades. Sua morada será nas constelações.

— E como Belzebu pode vencer?

— Se matar você.

— E se me vencer, que acontecerá com Hécate?

— Será prisioneira do Inferno para sempre.

— Então vou enfrentar Belzebu.

— Assim é preciso, Jorge Canto. Você terá a companhia de Xangô, a entidade dos raios, trovões e da justiça; ele te enviará Kaobi, o Arqueiro

Encantado, que virá com seu exército de flecheiros; e você contará ainda com Benjamim e com minhas almas benditas.

Depois, disse:

— Vou lhe contar a história de Hécate.

Capítulo 10 – O relato de Hades

Eis o relato de Hades:

"As Escrituras Apócrifas narram a origem do culto à deusa da Lua.", assim começou o relato de Hades. Atentamente, escutei suas palavras. Dizia que povos muito antigos louvavam a divindade da Lua durante as colheitas, os partos, as caçadas, as pescarias e as viagens. O povo acreditava que, quando ela tocava as mulheres e a terra semeada, confirmava-se a fertilidade; quando soprava o hálito almiscarado sobre os homens, disseminava-se a coragem e multiplicavam-se as guerras.

Também era do conhecimento popular o lado obscuro da deusa. Crônicas imemoriais descrevem as suas ambiguidades, o seu humor imprevisível, os seus poderes infernais e o costume de frequentar as encruzilhadas e os cemitérios. Às vezes, a deusa aparecia como protetora das mulheres, guia dos caçadores, esperança dos exércitos, semeadora dos campos. Em outras circunstâncias, ela se convertia na divindade dos feitiços, das terras sombrias e dos infernos. A ela se ergueram altares e se fizeram sacrifícios de sangue.

Antes de ser conhecida pelo nome de Hécate, a deusa havia sido uma rainha dos desertos. Habilidosa no uso das armas e dispondo de um dom infalível de hipnotizar os homens, por muito tempo ela decidira o destino das descendências humanas nas vastidões das areias.

Uma noite, exércitos impiedosos lhe invadiram os territórios. Dominada, ela assistiu à decapitação dos seus capitães. Prisioneira, ela teve de dormir com o rei adversário para sobreviver. Humilhada, foi solta no deserto, para morrer de fome e sede. Ela se rebelou contra Deus. E teve por castigo um exílio nas longínquas terras do Egito. Um anjo a conduziu até os reinos dos faraós, onde, maltrapilha, foi escravizada e posta à venda com o nome de Agar.

Um homem chamado Abraão, por insistência de sua mulher estéril, Sara, comprou a escrava de pouco valor e a levou consigo numa viagem a uma profetizada terra santa. Acompanhando a caravana do ancião, ela retornou ao deserto. Ao precisar de uma descendência, Abraão teve o consentimento da mulher, Sara, para dormir com Agar. Esta, fértil, engravidou, teve um filho e mortificou Sara de inveja e ciúmes. Agar terminou sendo expulsa do acampamento de Abraão e exilada no deserto. Novamente, ela vagou pelas areias e, pela segunda vez, blasfemou ferozmente. O mesmo anjo de antes lhe apareceu, com reprimendas e promessas de castigo. Ela reclamou do destino, do calor dos dias, do frio das noites, da inclemência do destino, do abandono e das humilhações. Blasfemou.

O anjo levou Agar a uma caverna nas montanhas. Revelou-lhe a vontade de Elohim: ela seria aprisionada até os tempos de voltar ao mundo para desposar um rei de Judá; seria, então, chamada de Ana e se afligiria com as guerras e geraria uma criança santa. Sem esperar réplica, o anjo cravou uma espada na rocha e confinou-lhe a alma na lâmina incandescente.

Muito depois, no furor de um dilúvio, o anjo retornou. Desencravou da rocha a espada e devolveu a vida a Agar. Desnorteada, esta se deixou levar até as terras de Judá, onde conheceu um rei chamado Joaquim, de quem primeiro se tornou escrava para depois ser rainha. Ao lado dele, acompanhou exércitos judeus contra os babilônios.

Numa trégua daquelas guerras, agora chamada de Ana Agar, ela engravidou e deixou de seguir o rei Joaquim nas batalhas. Certo dia, um mensageiro lhe apareceu, completamente ensanguentado, para dizer-lhe que, num combate encarniçado, o rei havia perecido.

Ana Agar, ao escutar a notícia da morte do rei Joaquim, correu pelas ruas da cidade, atravessou os seus portões e foi até o campo de batalha repleto de mortos e feridos. Lá encontrou o marido espetado numa lança. Teve forças de gritar. E caiu sem sentidos sobre o corpo sem vida de Joaquim. Vieram buscá-la e a levaram para os aposentos reais. Não conseguiu se recuperar da perda. Uma ira invencível a dominou e, pela terceira vez, rebelou-se contra Deus. Não apenas negou a Deus, mas, em forma de pacto, cedeu a alma ao Inferno em troca de se tornar uma caçadora imortal e vingativa.

Não somente Elohim a escutou. Belzebu também ouviu aquele brado carregado de rancor. Ela ainda lamentava pelo rei morto quando o mesmo anjo de antes lhe ditou mais uma sentença: ela viveria entre os camponeses até o nascimento do seu bebê; depois veria cumprido seu desejo de imortalidade e vingança.

Durante algum tempo, Ana Agar viveu no meio da gente do campo, adquirindo o hábito de semear legumes, plantar flores, cheirar os ventos, confabular com os espíritos, dormir à luz de estrelas. Mas quando nasceu o bebê esperado, uma menina que viria a se chamar Maria, o mesmo anjo de Elohim lhe apareceu e lhe tirou a criança . Levou-a para uma cordilheira, onde, ainda utilizando o mesmo artifício da espada incandescente, guardou-a até chegar o tempo de ela nascer em Nazaré. A pequena Maria, segundo disse o anjo, cresceria na virtude e seria visitada, na maturidade, pelo Espírito Santo. Tornar-se-ia, então, a mãe de um garoto divino, mais tarde o Cristo. Quanto a ela, teria por destino a eternidade ao lado de Belzebu, o anjo decaído do abismo. Como mãe da Virgem Maria, Ana Agar foi santificada nos pergaminhos apócrifos, mas ignorada nas Sagradas Escrituras. Em todo caso, ganhou altares no mundo inteiro com o nome de Santa Ana.

Belzebu concedeu a imortalidade a Ana Agar, chamando-a de Hécate. Muitos encargos lhe foram impostos: guardar os campos, instigar as guerras, cuidar das caçadas, disseminar feitiços, embaraçar as mentes humanas, dominar as encruzilhadas. A ela foi dado o conhecimento dos sortilégios, dos filtros mágicos, da alquimia, das ervas selvagens, das misturas herméticas de caldeirão de bruxa. Em contrapartida, amaldiçoada por Elohim, atravessou a eternidade ora como uma deusa magnífica de rara beleza, ora como uma feiticeira horrenda capaz de extremas maldades.

Muito, muito depois, fatigada, Ana Agar se humilhou perante Elohim e pediu perdão. Quis uma chance de se redimir, a última. Mas Belzebu apresentou o desacordo do Inferno. Hécate insistiu em desistir da condição de imortal para experimentar, finalmente, um pouco de sossego. Belzebu, com veemência, se recusou a perder sua deusa das encruzilhadas. Todavia, Elohim, num gesto de benevolência, atendeu Ana Agar, mas lhe impondo estritas condições: dentre estas, a essencial, a que fosse capaz de sentir plenamente o amor humano.

Hades disse calmamente: "Eu me dispus a ajudar Hécate; com ela percorri as vastas esferas do Tempo; e assim encontramos o espírito de um poeta romântico, um homem morto na Idade Média, o mais sensível e desesperado de todos os poetas, o que louvava com poesia a mulher perdida nas guerras religiosa; você, Jorge Canto."

***

Continuou Hades dizendo que muitas crônicas arcaicas descrevem Xangô como a própria voz de Elohim; e que, na própria origem do mundo, ele acompanhou Deus na façanha de criar as luzes e as sombras, as terras e as águas, a vida e a morte; e que muitos trovões, relâmpagos e terremotos precederam a Criação; e que essa era a ação precursora de Xangô, que, para tanto, utilizava a clava, o tacape de ferro e três pedras numa funda.

Xangô se manifestava na forma de um deus metade homem, metade pássaro. Aparecia para amenizar agonias, defender os injustiçados, provocar chuvas e estiagens, banhar-se nas cachoeiras. Sua moradia é um asteroide perto da Lua, de onde sempre enviou seus exércitos justiceiros ao planeta Terra para corrigir os desatinos humanos. À frente desses soldados de todas as raças, mandava Kaobi e seus flecheiros invencíveis.

Relatos místicos citam as viagens dos flecheiros: percorreram todos os países, vivendo, à maior parte do tempo, entre os pobres, cujos padecimentos amenizavam com danças, cantigas, rezas e magia. Receberam muitos nomes nas diferentes pátrias visitadas, e no Brasil apareceram em terreiros de umbanda e candomblé falando em nome do chefe maior, o orixá Xangô, o Senhor da Justiça.

Na terra dos encantados, fala-se muito da solidão de Xangô e de como ele se apaixonou por Hécate, quando esta ainda era uma mulher rústica do deserto. Não conseguindo se aproximar dela, medroso de assustá-la com sua aparência bizarra de metade homem, metade pássaro, limitou-se a guardar consigo os sentimentos e a amá-la desde um ponto no espaço onde só fosse possível contemplá-la. Sabe ele que, em algum instante da marcha do tempo, Hécate precisará dos seus préstimos, e ele virá com seu exército de flecheiros.

Hades finalizou suas palavras: "Agora, Jorge Canto, é hora de você partir. Continue a caminhar no rumo do poente. Em alguns dias você chegará a um vilarejo chamado Pirilampo. Vá até a praça da igreja, onde encontrará um acampamento de ciganos. Misture-se a eles. E procure um cantor de bolero na taberna da praça, conquistando a confiança dele. Por meio dele, você chegará a Ana Agar. E ao sair dos meus domínios, você esquecerá tudo o que aqui lhe foi dito. Como alguém que bebe as águas do rio do esquecimento e é acometido de amnésia. É preciso que chegue ao Inferno na plenitude da deslembrança. Agora pode ir".

Capítulo 11 – Os ciganos

Benjamim se despediu de mim na porta do cemitério, de manhã bem cedo, e, como era costume dele, desapareceu transformado em poeira de estrada. Quanto a mim, tratei de seguir meu caminho. Durante dias eu segui no rumo do poente. Andei muito tempo até avistar sinais de vida por trás dos morros. Uma placa de madeira sinalizava que o vilarejo de Pirilampo estava próximo.

Devia ser hora do almoço quando entrei no povoado. Um casario humilde cortado por ruas poeirentas. Segui para a praça da igreja. Lá deparei com o botequim na esquina e o acampamento dos ciganos. Hesitei antes de me aproximar deles. Mas uma mulher, me dizendo que os forasteiros eram bem-vindos entre eles, me ofereceu um trago.

Ainda hesitante, me sentei perto dela. Os ciganos tocavam violão, ensaiavam passos de danças, declamavam versos de amor, negociavam cavalos, fabricavam punhais. Não me lembro do que celebravam. A mulher, ao meu lado, ria muito e quis ler minha mão. Deixei. Ela se concentrou e me alertou:

— Tome cuidado! Tem sinal de morte em sua mão!

— Quer dizer o quê com isso? Vou morrer?

— Disse apenas que vi sinal de morte.

— Que sinal?

Ela se afastou de mim, sem responder. Foi cochichar com outras mulheres, que me olharam, desconfiadas e receosas. Um dos ciganos se aproximou delas e as escutou. Depois ele me fitou demoradamente e veio falar comigo. Ao chegar perto de mim, ordenou-me:

— Beba o seu trago e vá embora! Ela nunca erra na leitura de mão. Não queremos saber de morte por aqui.

Afastei-me do acampamento, atravessei a rua e entrei no botequim. Um cantor de bolero, acompanhado de uma moça vestida de negro, cantava com vigor. A moça passava o chapéu do cantor pelo público escasso, recolhendo dinheiro. Dizia que era para comprar remédios, o pai se encontrava muito doente, eles precisavam de ajuda para superar uma enfermidade muito grave.

Aplaudi o cantor, que guardou o violão, chamou a filha e, antes de se retirar, apanhou uma garrafa com rum pela metade e bebeu tudo de uma só vez. Arrotou, apertou o estômago, reclamou de uma ardência esquisita no fígado e deu a mão à moça. Fez um sinal para mim, em agradecimento aos meus aplausos. Pai e filha se retiraram.

Aproximei-me do balcão e indaguei:

— Quem é ele?

O dono do botequim respondeu:

— É o Pedro. Canta em troca de uns centavos, que é para comprar remédios. Chegou com ciganos, mas não ficou no acampamento. Alugou uma casa. Bebe demais, deve estar com o fígado podre. Viu como está doente? As pernas dele estão inchadas, todas roxas. Não vai durar muito.

— E a moça?

— É a filha dele.

— Como é o nome dela?

— Não sei. Ela nunca disse.

— Por que se veste de preto? Pareceu tão triste.

— Sei lá. Sabe que o pai vai morrer logo. Antecipou o luto.

— Por que não chamam um médico?

— Aqui não tem médico. A gente conta só com o Manoel, que é enfermeiro diplomado. Ele sabe medicar, fazer pequenas cirurgias.

— E o Manoel já foi chamado?

— O Manoel já está com eles. Hoje recolheram o que faltava para pagar os serviços do enfermeiro.

— E se a moça precisar de ajuda?

— Está interessado nela? Tome cuidado!

— Por quê?

— O Mateus, o cigano que fabrica punhal e cria cavalos, está interessado nela. Mas o Pedro não gosta dele. Mateus está esperando a morte de Pedro para se aproximar da moça.

— Eu só falei em ajudar a moça, se ela precisar.

— Tome cuidado com Mateus. Ele é ciumento, vingativo e maneja muito bem o punhal. Dizem que é o cigano que melhor briga com faca.

***

No dia seguinte, fui até a casa de Pedro. Havia passado o dia inteiro diante da casa, sem coragem de me aproximar. Mas depois do meio da tarde, com medo de que a noite chegasse depressa, tomei coragem e atravessei a rua. Como se tudo já houvesse sido anunciado, a moça me esperava na janela. Disse a ela que tinha vindo para ajudar. Eu sei disso, ela respondeu. Eu acrescentei:

— Vim por você.

— Então entre. Meu pai vai morrer hoje.

Manoel injetava morfina em Pedro. Bastante morfina. O cantor estava desfalecido. A doença se espalhara por seu corpo. As pernas estavam roxas. O enfermeiro dizia que tudo estava deteriorado e se apodrecendo, por dentro e por fora. Uma névoa transpunha as fendas das paredes da casa velha de alvenaria.

— Faz alguma coisa, Manoel! – ela pediu.

— É preciso cortar estas pernas cheias de pus...

— Faz alguma coisa, Manoel! – ela pediu novamente.

— Vou amputar estas pernas cheias de pus...

Eu me senti em completo aturdimento, dentro de uma irrealidade. Um homem à iminência da morte, suas pernas arroxeadas, feridas purulentas, o rosto empalidecido, os tijolos da parede à mostra, o vento frio entrando pelas frinchas, o enfermeiro me dizendo que eu pegasse o machado e os facões na cozinha. Era para cortar os músculos com precisão e quebrar os ossos na medida certa. A moça ligou o rádio para não ter de ouvir os gemidos do pai e os movimentos dos facões e machado nas mãos do enfermeiro. Manoel trabalhava com afinco. Completamente concentrado em seu ofício de enfermeiro. O sangue esguichou das pernas de Pedro. Ele morreu antes de ser amputado. No rádio, tocava justamente a Ave-Maria. Às seis horas da tarde.

Capítulo 12 – O duelo

Na manhã seguinte, Pedro foi sepultado. A filha me pediu ajuda para desfazer as tristezas e os vestígios da morte da casa. Fui com ela limpar o chão, tirar as manchas de sangue, perfumar os aposentos, tapar as fendas da parede e, assim, evitar a passagem das névoas e dos presságios ruins. Juntamos também as roupas do pai, seus discos de bolero, seus cadernos com letras de canções, tudo o que restava dele, e colocamos no quintal. Pusemos fogo nesse espólio e ficamos contemplando a coluna de fumaça escura. Até não haver mais nada que fosse possível lembrar.

Só havia o céu muito azul, quase sem nuvens.

Ela falou:

— Meu pai era um homem de muitas viagens.

— Viajou muito com ele?

— Desde pequena.

— Vieram de onde?

— De muito longe.

— Os ciganos vêm sempre de muito longe.

— Quando chegamos, ele me pediu para alugar esta casa. Não quis ficar no acampamento. Quis morrer no aconchego de casa.

— Para quem esteve com um pé na estrada a vida inteira, não é meio estranho querer morrer em casa?

— As estradas só lhe serviram enquanto estava vivo. Sempre me disse que, na hora da morte, queria estar numa casa.

— Então morreu como sempre quis.

— Ele tinha sonhado com esta casa. A gente sonhava muito.

— Ah, sim? Que tipo de sonho você sonhava?

— Ah, eu sonhava com dias ensolarados e muito longos.

— Sonhos bons, você sonhava sonhos bons.

— É preciso sonhar com dias ensolarados quando se está farta da escuridão. A gente põe sonhos ensolarados no lugar dos pesadelos para não ter de acordar com o sentido das trevas na memória.

— Também sonhei muito.

— Como eram os seus sonhos?

— Sonhei muito com pássaros.

— Que faziam eles?

— Simplesmente voavam.

— Como é o seu nome?

— Jorge Canto. E o seu?

— Adivinhe.

— Sou ruim para adivinhar.

— Quem entrou nesta casa com a certeza do que fazia, e chorou por um morto desconhecido, e ajudou uma mulher solitária, não pode ser totalmente ruim de adivinhação.

— Me dê uma pista. É nome de cigana?

— Ah, sim. Nome de cigana e nome de santa.

— É melhor me dizer.

— Vou lhe dizer, então.

— Pois diga...

— Ana...

— Ana de quê?

— Ana Agar.

— Já ouvi este nome. Não me lembro de onde nem quando. Mas já ouvi. Tenho certeza que sim.

— Já mesmo?

— Sim. Mas estou esquecido de tudo.

— Perdeu a memória?

— Acho que sim.

— Vai chegar a hora de se lembrar de tudo.

— Quer dizer o quê com isso?

— Nada.

— Parece que conheço você.

— Está com fome? – mudou o assunto.

— Um pouco.

— Vou fazer o almoço.

— Vamos comer o quê?

— Sopa de raízes e passarinho.

— Isso é comida de gente?

— Você vai gostar. Uma sopa nutritiva, muito forte.

Foi a nossa única refeição naquele dia. Na mesa, criei coragem e toquei o rosto de Ana Agar, os seus brincos dourados, o seu bracelete de cobre, sua pele suave, suas bijuterias. Indaguei:

— Essa sopa é comida de cigano?

— Por quê?

— Tem alguma magia nela?

— Por quê?

— Estou tremendo todo.

— Por quê?

— Uma mulher não sabe o porquê de um homem tremer assim?

— A sopa não tem nada a ver com o desejo do homem.

— Deve ser a magia dos seus olhos.

Quis me aproximar dela, mas fui desencorajado.

— Estou de luto.

— Quanto tempo?

— O tempo de acabar o luto.

— Ah, o tempo da paciência. Você sabe esperar?

— Passei longo tempo esperando. Pacientemente.

— Ah, você disse: os sonhos com dias ensolarados.

— Não apenas estes sonhos. Outros sonhos também.

— Quais?

— Sonhei séculos com um homem amoroso!

— Quem sabe este homem acabou de chegar.

— Talvez. Mas é preciso esperar.

— Esperar o quê?

Subitamente, escutamos o trotar de cavalo na rua, o grito de um homem. Ana Agar abriu a janela e indagou em tom de desafio:

— Quer o quê, Mateus?

— O dia inteiro dentro de casa com um desconhecido, Ana Agar?

— É meu direito. A casa é minha.

— Pedro morreu. Agora quero que você seja minha mulher.

— Meu pai nunca gostou de você. Não vou fazer desfeita com ele.

— Ele era um bêbado. Um homem sem honra.

— Respeite a memória do meu pai.

— Vim aqui por outro motivo.

— Diga o que quer e vá embora.

— Vim disputar você, Ana Agar.

— Perdeu o juízo, Mateus?

— Quero falar com esse sujeito que está aí dentro.

— Pronto, fale! – apareci na janela.

— Você está desafiado para um duelo. Escolha a arma!

— Vá embora, Mateus! – gritou Ana Agar.

— Isso é coisa de homem! Não se meta! – replicou o cigano.

— Dizem que você é bom no punhal – falei para Mateus.

— Ah, já conhece minha fama, forasteiro? Então, vai se esconder nas saias de uma mulher ou aceitar o desafio?

— Escolho a arma, e você escolhe o quê?

— O lugar e a hora.

— Que seja o punhal.

— Você é um homem morto.

— Fale menos. É sua vez: escolha o lugar e a hora.

— Esteja pronto no acampamento às seis horas da manhã. Não se atrase. Será o seu último dia de vida.

Mateus voltou para o acampamento. Ana Agar fechou a janela. Fixou o olhar em mim e perguntou:

— Como pode arriscar sua vida por uma mulher que mal conhece?

Nada respondi.

Ela perguntou novamente. Outra vez me calei.

Ela disse:

— Ninguém é capaz de vencer Mateus.

Subitamente eu afirmei:

— Se eu não vencer, morrerei por você.

Ela me olhou e, dessa vez, apenas sussurrou:

— Como pode arriscar sua vida por uma mulher que mal conhece?

***

Clareava em Pirilampo quando se formou uma roda de apostadores no acampamento dos ciganos. Ninguém se arriscara a apostar em mim. Cheguei com Ana Agar ao mesmo tempo em que surgiu Mateus. Ao lado dele, a mesma cigana que havia lido minhas mãos e visto os sinais da morte. Atrás dela, bocejava um homem de barriga avantajada e olhar obscuro, segurando uma ampulheta. Era o árbitro. Viu-se que o duelo era mesmo para valer, que o dia começaria com sangue e morte.

O árbitro chamou Ana Agar e a convidou para se sentar em lugar de honra. Mateus se aproximou. O homem de barriga avantajada começou a ler um velho código de duelos, deixando claro o que era permitido e proibido aos contendores. Em seguida, ele me entregou um punhal e preparou a ampulheta. Disse, com indiferença:

— Lutem até a morte!

Começou o duelo. Consegui me desviar das primeiras investidas de Mateus. Suportei bem o primeiro corte no braço. Com pouca chance de vencer, só podia mesmo me desviar dos golpes e retardar a punhalada fatal. Meu adversário tinha plena certeza de que poderia me matar quando bem entendesse. A vida minguava no escorrer da areia da ampulheta.

Mateus tinha pressa. Queria me matar logo. Até porque Ana Agar, com o olhar desaprovador, exercia sobre ele uma influência de azar. De algum modo, ela prolongava a luta, fixando os olhos no cigano, como se tivesse poderes para impedir o inevitável. Continuei a me desviar de Mateus, às vezes arriscando um golpe. Ele me passou uma rasteira, chutou meu punhal para longe e se lançou sobre mim, pronto para desferir o golpe fatal. Justo nesse instante, Ana Agar gritou:

— Rasteira não vale!

Mateus se voltou para ela e depois para o árbitro. Este se pronunciou:

— Rasteira é permitida!

Esperei, então, o punhal de Mateus vir cravar-se em meu peito. Antes disso, contudo, outro punhal cruzou o ar gelado da manhã e se fincou no pescoço do cigano. Todos se espantaram. Houve um princípio de alvoroço. Ana Agar gritou:

— Vamos fugir daqui, Jorge Canto!

Eu me levantei e corri na direção de Ana Agar.

— Fugir para onde?

— Para longe daqui.

— Quando firmar o sol, Ana Agar – bradou o árbitro – não esteja mais aqui. Você descumpriu nossos costumes, poderia ser morta agora. Só não vou fazer nada em respeito à memória de Pedro. Mas vá embora. Daqui a pouco mandarei os homens em seu encalço. Fuja enquanto pode.

A mulher que lera as minhas mãos gritava:

— Eu não disse que o forasteiro trazia sinais de morte nas mãos? Eu vi os sinais da morte! Eu vi os sinais da morte!

Deixamos o povoado. Fugimos para a serra matosa a oeste do vilarejo. Outra vez eu seguia no rumo do poente.

***

A fuga foi uma marcha exaustiva por trilhas íngremes, cruzando uma floresta densa e úmida. Andar sob o efeito do mormaço fraquejava os músculos, trincava os ossos, inchava as pernas, atiçava a sede, desatava o medo. A gente então parava nos córregos para descansar e beber água cristalina.

Ana Agar caminhava muito atenta, preocupada com as tocaias. Os ciganos viriam se vingar da morte de Mateus. Andamos depressa, não vimos sinal deles. Ela nunca dava sinais de cansaço. Seguia na frente, parecia conhecer todas as trilhas. No meio da tarde, chegamos a uma clareira e, justamente naquele lugar, ela disse que o perigo já havia passado. Retirou de uma sacola de couro um pedaço de carne defumada, a metade de um pão dormido e algumas frutas. Comemos em silêncio.

Depois, Ana Agar, concentrada nos rumores da floresta, me ensinou a identificar os cantos dos pássaros e a imitar o ronco de uma serpente enrodilhada em profundo sono. Ela se divertia com os ruídos da mata, com a algazarra dos macacos, com o rebuliço das aves, com tigres e onças imaginárias. Olhamos bem dentro dos olhos um do outro. Ela me deu um beijo e se estirou na terra. Abriu a blusa e me mostrou os seios morenos. Depois, fomos tomados pela vertigem intensa do amor à vista dos pássaros, das serpentes, dos tigres, das onças e de muitos outros animais cujos nomes eu não tive tempo de memorizar. Os bichos cercavam a clareira, alvoroçados e surpreendidos pela visão magnífica do amor humano.

O idílio durou o resto da tarde. Eu a olhava fascinado. Ela me perguntou se eu ainda sentia fome. Respondi que não.

— Então é hora de ler o futuro – afirmou, decidida.

Retirou da sacola de couro as suas cartas de tarô e armou um jogo de adivinhação, embaralhando e dispondo as cartas segundo um costume antigo dos ciganos. Perguntei:

— Quer saber o quê?

— Se a vidente vai chegar.

— Que vidente?

— A vidente! Ela está chegando agora, escute os passos na mata.

— E por que está vindo?

— Chegou o tempo de visitar o mundo das sombras e das alucinações.

— Ela vem nos buscar?

— Sim.

— Para quê?

— Antes de amanhecer o próximo dia, Jorge Canto, é preciso provar o gosto insípido das trevas.

As passadas leves de uma mulher repercutiram na floresta como tambores de guerra. Com um capuz, ela se acercou da clareira e veio se sentar perto da gente. Escondendo o rosto, conversou à parte com Ana Agar. Sem haver recuperado ainda a memória, deixei de reconhecer a vidente. Entendi pouco ou quase nada da linguagem cifrada das mulheres. A vidente, então, preparou um chá de erva-santa e perguntou a Ana Agar se ela se sentia pronta para o porvir.

— Sim, estou pronta – respondeu Ana Agar.

— E ele? – a mulher indagou.

— Ele também – respondeu Ana Agar.

— Eu o quê, Ana Agar?

— Nada, Jorge Canto. A vidente preparou este chá para nós dois. Beba comigo e você terá as resposta de que precisa. Chegou a hora de você se lembrar de tudo. Um dia você bebeu as águas do rio do esquecimento. Agora vai beber o chá da memória – disse Ana Agar, antes de beber sua porção de chá.

A vidente me passou a vasilha. Bebi. Aos poucos, minha vista se turvou, e Ana Agar começou a desaparecer nas primeiras sombras da noite. Estendi as mãos, tentando em vão segurá-la. Senti os efeitos do chá, que era também um sonífero avassalador. Imaginei que me levantava. Ignorava se eu estava acordado ou sonhando; se estava vivo ou morto. A lucidez me abandonava.

Apareceu-me, então, uma estrada e uma cerca com arame farpado. Parecia uma linha de fronteira, o fim do mundo. Segui em frente. Ignorava para onde eu estava indo. Nem sinal de Ana Agar e da vidente. Que estava escrito nas cartas de tarô? Gritei: Ana Agar! Ana Agar!

Nada.

Capítulo 13 – A liberdade

Há diversos modos de se chegar aos mundos encantados. Provavelmente, o mais simples deve ser o caminho dos sonhos, a queda no ausente, a absorção pelo inexistente. Deitamo-nos para sonhar e percorremos as veredas de esplendor que nos conduzem aos recintos das fadas e musas. Por outro lado, também é simples fazer o percurso pelo avesso: andar de costas, deitar-se concebendo pesadelos e chegar ao fundo do abismo, ao reduto das almas púrpuras de olhos incandescentes. A raça humana convencionou chamar de Céu o mundo das fadas e musas; e de Inferno o abismo.

No meu caso, experimentei primeiramente o efeito da morte com a beberagem da vidente. Ao transpor a fronteira do Inferno, entrei no labirinto temível e avancei me guiando pelo silêncio inexorável, pelo escuro que nunca termina. Deparei com uma grande porta de pedras que se abriu diante de mim. Tudo enfim aconteceu como estava predito.

Entrei. Finalmente o encontro com Belzebu. Ele estava sentado sobre umas pedras limosas, cercado de vassalos arruaceiros. Ao me enxergar, Belzebu deu ordem para que eu fosse levado até sua presença. Finalmente, eu me encontrava com o demônio que ronda as casas, as igrejas, os cemitérios, os campos de batalha, os corações das pessoas e a consciência humana.

Belzebu se ergueu e empunhou uma espada em cujo punho duas cabeças de serpente entalhadas sobressaíam. Ele apontou para uma jaula. Dentro desta, uma mulher andrajosa, encarquilhada, de rosto envelhecido, como se tivesse milênios de vida. Quando ela me olhou, escondeu a face. O demônio sorriu ironicamente e, com gestos precisos, tocou o chão com a espada. Repentinamente aquele reino de horror se transformou num castelo suntuoso, e seus vassalos adquiriram fisionomias angelicais. Essa foi uma tentativa do Diabo de provar a magnitude infinita dos seus poderes. Ele era mesmo um alquimista astuto, conhecedor de um repertório inesgotável de mentiras, armadilhas e ilusões. Ante minha perplexidade, riu com desdém, e este foi seu erro, porque aquele riso maléfico me fez lembrar a noite no fundo do beco onde um menino de rua fora imolado em seu louvor.

— Demorou em chegar, Jorge Canto.

— Impaciente?

— Nunca me impaciento. Estou fora do tempo.

— Como um Deus: acima e fora do tempo.

— Exatamente.

— Por que vim ao Inferno, Belzebu?

— Todas as criaturas visitam o Inferno.

— Para quê?

— Não para serem castigadas, como se supõe por aí. Mas para elas próprias escolherem o que querem para si próprias. Decidem pelo que é melhor para elas. Muitas são sábias e resolvem desprezar as aparências do mundo.

— Que aparências?

— Quando Elohim tocou a matéria e tudo criou, as luzes e as trevas, as águas e as terras, as bactérias e os vírus, os animais e os homens, e espalhou sua descendência na Terra, apenas reproduziu seu desejo de encerrar a agonia de viver sozinho. Deve estar arrependido, porque poucos vão lhe fazer companhia. A maioria prefere as honrarias terrenas, que são as coisas que tenho a oferecer. Se Elohim nada tem a ver com as ambiguidades humanas, Jorge Canto, eu, por minha vez, sou a própria contradição do homem, eu sou o tempero da comida, eu sou o álcool do vinho, eu sou o sangue das veias...

— Anjo decaído!

— Que culpa se tem se os humanos me preferem?

— E eu, o que estou fazendo aqui, Belzebu?

— Vieste decidir o destino de Hécate.

— Hécate?

— Ela! – disse, apontando para a jaula.

— Quem é esta pobre mulher?

— Pobre mulher? Tolo! Ela é a temível Hécate!

— Que tenho a ver com Hécate?

— Foste escolhido por ela. Tu és o poeta de Hécate.

— Escolhido para quê?

— Ainda estás sem memória. Vou te lembrar: quando era uma mulher comum, ela se rebelou várias vezes contra Elohim, mesmo sendo a mãe da Virgem, e pediu a vida eterna e o poder das feiticeiras. Agora, com ideias estranhas de experimentar o amor, quer abandonar o Inferno. Elohim, que é brando demais, considerou sensata a intenção de Hécate de renunciar à imortalidade e às faculdades de manipular os minerais, os vegetais, os ventos, as mentes das criaturas, as guerras. Angustiada com a imortalidade, quer experimentar a ternura humana, quer morrer ou se encantar. Elohim lhe impôs uma condição: ela teria de provar a existência do amor entre os homens. Então, ela e Hades foram procurar no mundo dos mortos uma alma sensível e amorosa, tendo encontrado um poeta medieval com essas características, um homem que gastava a eternidade escrevendo versos em louvor à mulher perdida nas guerras religiosas.

— Ah, já estou me lembrando. Sou eu este poeta.

— Sim. Elohim permitiu tua vinda ao mundo depois que te viu, no reino de Hades, dançando com Hécate numa taberna. Encontraste a feiticeira, dormiste com ela – te lembras de Maria da Terra? Uma bela mulher, sem dúvida. Mas, agora, quero ver se tens disposição de fornicar com esta velha horrenda. Olhe o rosto desfigurado dessa bruxa, cada ruga um pecado, um crime...

— Que delitos esta mulher cometeu, Belzebu?

— Matou, blasfemou, instigou guerras, discórdias, traições. Aceitou oferendas nas encruzilhadas, bebeu e comeu com os mortos apenas para dispor deles na prática de magia.

— Ela cumpria tuas ordens, Belzebu. E hoje te rejeita. Não quer mais a imortalidade que tu ofereces...

— Se ela te acompanhar, conhecerá a morte. Não ficará contigo.

— O que é ser mortal? Cruzar aquela cerca de arame farpado sob a vertigem da beberagem da vidente? E depois da morte, Belzebu? Que poderás fazer contra ela depois da morte?

— Olhe a cara macilenta da bruxa, Jorge Canto! – instigava-me.

— Aparência, Belzebu, aparência! Imagem de um monstro criada pelo Diabo, mais nada que isso. Somente o reflexo de um pensamento teu. Não me engano com isso. Ana Agar é a mulher a quem amo, tu bem sabes disso, e esse amor não é aparência, mas sentimento humano... E ela também me ama! Tu sabes disso!

Estivemos, então, cara a cara, eu e Ana Agar, eu e Hécate, eu e a mulher dos sonhos, eu e a bruxa das encruzilhadas, eu e o sublime, eu e o horrendo, eu e o pensamento, eu e o sentimento. Recuei, a princípio, hesitante, perturbado com a figura da prisioneira. Belzebu gargalhou.

Nesse instante me lembrei das rezas de dona Rute, dos transes de dona Agnes, das palavras de Benjamim, da força da justiça de Xangô, da pena dourada de Kaobi, de Cérbero na igrejinha do cemitério, de Hades no crepúsculo dos mortos e do anel de rubi. Aturdido, esfreguei o anel mais uma vez.

De repente, a face horrenda da prisioneira foi dando lugar ao rosto da mulher que me salvara a vida no duelo com Mateus. Ela era novamente Ana Agar. Finalmente, depois de milênios sob o domínio de Belzebu, ela readquiria a liberdade, livrando-se das trevas e da angústia de viver fora do tempo. Já podia ser humana novamente. Já podia ser tempo finito mais uma vez.

Belzebu estremeceu de fúria.

— Centuriões! – gritou o Diabo.

Furioso, Belzebu cravou a espada na pedra. Um estrondo animou os centuriões a guerrear. Todos gritavam, recordando-se do furor e da selvageria das guerras imemoriais em nome de Roma. Sem vacilar, abri a jaula e puxei Ana Agar para fora. Avançamos contra os demônios, chamando por Benjamim e todos os santos.

Fomos ouvidos muito longe dali, no vilarejo de dona Agnes, onde repicaram na noite os atabaques das casas de santo, e os sinos da única igrejinha do povoado, e muitas beatas correram até a praça para cantar ladainhas. Essa fé dos humildes deve ter comovido Elohim, que, deslocando-se por entre as estrelas, em algum ponto dessa vastidão dos céus, resolveu interferir nos entreveros do Inferno.

Escutou-se, então, outro estrondo no Inferno. A terra toda tremeu. Um som de trombetas invadiu os domínios de Belzebu, aterrorizando os diabos. À frente do exército invasor, o índio guerreiro com a aljava e as sete flechas resplandecentes, a coragem nos olhos e a pena dourada nos cabelos negros. Era Kaobi, acompanhado de Benjamim, dos flecheiros de Xangô e de muitas almas valentes de Hades.

Impossível descrever essa guerra do astral.

Na gritaria, Ana Agar me abraçou com arrebatamento, feliz na condição de mulher comum, sem mais o dom de manipular os minerais, os duendes, os mortos, os ventos, as guerras, as discórdias. Benjamim me chamou, com uma vela acesa na mão. Seguiu na frente, clareando o caminho. Atrás da gente, o clamor incessante da luta que continuava naqueles labirintos. Tempos depois, chegamos à saída do Inferno: outra vez o luar da madrugada, o vento da floresta, o contorno das serras no horizonte.

Benjamim, apressado como sempre, despediu-se com duas ou três palavras, dizendo que ia ver a mãe antes de retornar definitivamente ao mundo encantado onde vivia.

— Vou indo. E vocês sigam nessa direção. Sempre no rumo do poente. Vão encontrar uma casa de pedra no sopé da montanha. Vão chegar pouco depois de amanhecer.

— Beije dona Agnes por mim – eu disse.

Ele nem me escutou. Outra vez se transformou em vento e foi embora. Ana Agar me deu a mão e disse que não havia tempo a perder.

Andamos pouco. Logo amanheceu. Encontramos a casa de pedra situada numa ravina entre os rochedos, perto de um lago de águas muito geladas, em cujas margens havia infinidade de seixos. Ana Agar, que parecia conhecer o lugar, entrou na casa e me chamou.

— Quem vive aqui? – perguntei.

— A mulher que a tudo isso previu! A Senhora da Faca de Ferro!

— Dona Rute!

— Ela mesma, Jorge Canto!

— Cadê ela?

— Está na montanha. Vai chegar daqui a pouco.

Era simples a casa do poente: pequena, feita de pedra, com uma varanda repleta de vasos com flores, uma janela de frente e duas de lado, uma porta de entrada e outra de fundos. Por dentro, um quarto diminuto, uma sala e uma cozinha com forno de barro. Havia no quarto uma cama preparada para receber hóspedes muito aguardados, com lençol de seda e uma manta de lã. Na sala, alguns móveis antigos, talhados rusticamente em jacarandá. Nas paredes, uns retratos de santos e uma aquarela iluminada pela fraca luz da manhã que começava a atravessar as frestas do telhado.

Espantado, me detive diante da aquarela. Agora me lembrava de tudo: era o mesmo quadro que eu vira no quarto imaginário de Maria da Terra, os dois amantes dançando na frente de um harpista. Ana Agar disse:

— É hora de lembrar tudo, Jorge Canto!

— Tudo o quê?

— Definitivamente tudo.

E Ana Agar narrou um episódio acontecido no mundo dos mortos, numa taberna da Idade Média, onde os espíritos, entre harpas e versos, conversavam entre si e se esqueciam dos crimes, das paixões e dos delitos de suas vidas. O dono da taberna era Hades, disfarçado de alma comum, pai de uma moça que servia bebida àqueles espectros agoniados. A filha era Hécate.

Apareciam regularmente na taberna de Hades um harpista, um pintor e um poeta. O harpista havia sido em vida um cantor lírico dos palácios gregos, um homem frágil e arrogante, que só amava a harpa, a filosofia dos atenienses e a ociosidade dos ricos. O pintor, morto na plenitude da loucura, tinha a memória repleta de lembranças de pássaros e girassóis. O poeta, um antigo libertino das cortes europeias, penava com as recordações de uma plebeia morta durante as guerras religiosas. Todos frequentavam a taberna com a esperança da remissão.

O poeta declamava versos em troca de bebida e conversas para passar o tempo. Atormentava-se com a solidão e a saudade da mulher perdida na guerra. Ele, sem saber, seria parte de um grande estratagema dos deuses. E foi por isso que Hades o convidou para dançar com a própria filha. Ele aceitou, comovido, e o harpista começou a tocar. Era uma dança esquisita a dança da harpa; mais parecia um balé de sons misturado com ventos, no qual os amantes levitavam felizes, concentrados um no outro.

Vendo o casal dançar, o pintor se recordou dos girassóis, dos pássaros e de suas alucinações, tendo rabiscado depressa a aquarela dos amantes extasiados. Afável, ele esperou a música terminar para oferecer a pintura à moça.

— É para preencher o vazio do coração, a solidão infinita. Aceite, por favor, meu humilde presente.

A moça se enterneceu com a oferta, o que fez Hades se aproximar. A este, o pintor pediu condescendência e o milagre de se livrar da feiura, agravada pela falta de uma orelha e pela insensatez que trazia de seus tempos de vivo. Hades, com um olhar piedoso, tocou-lhe com os dedos umedecidos de cuspe e garantiu-lhe uma eternidade promissora de risos, sol, festa, alegria, quietude. Foi essa a remissão definitiva de Van Gogh.

Naquela noite prodigiosa, Hades ainda perdoou o harpista, convencido de que este, depois de milênios de arrogância e futilidade, havia finalmente usado a harpa com o coração dos humildes. Quanto ao poeta, o deus dos mortos sentenciou o seguinte: antes que pudesse escrever o próximo poema em memória da mulher morta nas Cruzadas, receberia a graça de voltar às cidades do Norte, terra dos humanos. Havendo sido o poeta, no entanto, um libertino das rainhas e princesas europeias, desta vez nasceria na ralé, entre os desvalidos e abandonados. E, nascido numa tarde de tempestade, seria abençoado por uma vidente, e teria por destino dar vida à aquarela dos amantes extasiados.

E conforme esta narrativa desde o seu princípio, Ana Agar viera ao meu encontro primeiramente como Maria da Terra, depois como Hécate e, finalmente, como a cigana. Em que pese tudo se assemelhar a um grande e exagerado delírio, posso escrever hoje que, mais do que uma alucinação descabida, essa foi, sem dúvida alguma, a essência do grande amor que a livrou da imortalidade nas trevas. Ela pôde experimentar mais uma vez, antes de ser encantada e retornar ao mundo dos invisíveis, todas as sensações que exprimem a humanidade das pessoas que nascem, vivem e morrem: alegrias, tristezas, esperanças, medos, desejos, angústias, desesperos e, sobretudo, a transitoriedade implacável da vida. Ana Agar sentiu outra vez o gosto do tempo, onde tudo começa e fenece.

***

Liberdade. Ana Agar riu enquanto respirou fundo e experimentou intensamente o dia clareado. Conduziu-me até as margens do lago e me mostrou os seixos. Disse-me para apurar a vista, olhar detidamente o horizonte e enxergar quem vinha se aproximando. Então eu os vi: o professor Zenildo e dona Gabriela.

— Ana Agar, são eles mesmos?

— Sim, Jorge Canto.

— Ei! Professor Zenildo! Dona Gabriela! – gritei.

Vieram ao meu encontro.

— Chegou a hora, Jorge Canto?

— Hora de quê, professor Zenildo?

— Ora, você sabe – riu dona Gabriela.

— Hora de eles se encontrarem com Ártemis – disse Ana Agar.

Então, daquelas águas do lago veio uma moça vestida de blusa quadriculada e jeans surrado, do jeito que estava quando disse aos pais que ia ao cinema e voltava logo para jantar. Ela se aproximou deles com um sorriso e os abraçou. Nada falaram. Nada tinham a dizer. Todas as palavras necessárias estavam dentro do olhar silencioso e não precisavam vir à boca.

Sentamo-nos todos à beira do lago. A luz do sol incidia nos seixos. Ártemis começou a falar.

***

Eu estava de viagem marcada fazia semanas. Mas não podia dizer nada. Eu mesma escolhi combater na selva, entrar na guerrilha. Tínhamos sido derrotados na cidade, era preciso fazer a revolução no campo, nas matas, longe das forças do governo. Conquistar uma região bem longe do meio urbano e lá, talvez, fundar, dentro do país, outro país que pudesse ser reconhecido pelos governos simpatizantes da causa. Meus companheiros me esperavam. Eles se encontravam aqui, nestas matas e serras, havia vários anos. Muitos dos nossos tinham sido presos ou mortos. Outros, desistido da luta. Naquela noite, mãe, quando vi a comida na mesa e lhe disse que ia ao cinema, quase eu desisti. Sabia que talvez não fosse nunca mais voltar. Melhor seria ter ficado e concluído meu curso de Biologia, faltava tão pouco para terminar. E depois, como uma boa burguesa, eu casaria e constituiria família. A senhora e o papai teriam netos. Mas a revolução pulsava dentro de mim com mais força e convencimento. Se eu tivesse jantado em casa naquela noite, teria perdido as forças de sair para a luta.

Quando eu saí de casa, percebi que estava sendo seguida. Tentei despistar os agentes do governo. Estavam em toda parte. Eu me hospedei na casa de uma amiga e, no dia seguinte, bem cedo, fui para a rodoviária. Peguei meu ônibus e viajei mais de uma semana, de cidade em cidade, até chegar a Pirilampo.

Cheguei aqui com esta mesma roupa. As pessoas me olharam com estranheza, porque, naquela época, os que chegavam de longe geralmente eram amigos dos que estavam na mata, perseguidos pelas forças militares. E elas estavam amedrontadas, porque os militares as obrigavam a informar tudo que fugisse à normalidade. Eu me apresentei como parente do dono de um sítio e paguei a um sujeito chamado Raimundo, que trabalhava de mateiro. Ele me levou até o sítio, que estava bem abandonado. Não havia sinal de vida. Raimundo disse que os soldados tinham passado lá e arrebentado tudo. Alguns dos meus companheiros haviam morrido e outros, escapado para a mata. Raimundo apontou uma picada: “Eles fugiram por ali”.

Fiquei desesperada, não sabia o que fazer. Pedi então ao Raimundo para me levar de volta a Pirilampo. Lá me hospedei na única pousada do lugar, tendo apresentado uma documentação falsa. Para me registrar, usei meu codinome, que era Selene. Meu dinheiro dava para ficar por alguns dias, não mais que uma ou duas semanas.

Na metade da segunda semana, apareceu alguém me procurando na pousada. Tive medo. Pensei que fossem militares à paisana, que costumavam dar batidas para examinar a documentação dos hóspedes. Cheguei a pensar em fugir pela janela que dava para a mata, mas a dona da pousada me tranquilizou: "É o Raimundo, não se preocupe; ele disse que seus amigos voltaram e estão esperando no sítio".

Raimundo, que ajudava a guerrilha por gratidão (o parto da mulher dele fora feito por uma guerrilheira que tinha o curso de auxiliar de enfermagem), viera me procurar a mando dos meus camaradas, que estavam na mata. Ele ia levar comida, munição e remédios. Ia se encontrar com eles no sítio abandonado. Não havia perigo, ele repetiu isso várias vezes. Desconfiei um pouco dessa história, porque muitos habitantes locais estavam passando para o lado do governo, ou por dinheiro, ou por ameaça de morte, ou simplesmente tortura.

Acompanhei o Raimundo. Não inteiramente confiante em suas palavras. Mesmo assim, esta era minha única oportunidade de me reencontrar com meus camaradas. Andamos um bom pedaço do dia. Tudo transcorreu sem novidade até chegar ao sítio, onde dez companheiros me esperavam. Sete rapazes e três moças. Cansados da vida na mata, doentes, mas perseverantes na luta revolucionária. Eu disse tchau ao Raimundo e segui com a guerrilha, floresta adentro. Fomos para o novo esconderijo, situado mais dentro da mata, mas a pouco tempo de caminhada até o rio. Lá havia construções rústicas e uma faixa desmatada de terreno para se plantar. Durante meses trabalhei firme na roça, pegando calo na mão, de tanto manusear enxada, terra e sementes. Cuidava da horta pela manhã e me adestrava em guerrilha durante a tarde – tiro ao alvo, marchas através da floresta, prática de emboscada, primeiros socorros. À noite, ia com as outras moças até uma escola do município. Vários moradores se alfabetizavam. Lá eu dava aulas não apenas de alfabetização, mas também de política. Muitas vezes, meu coração apertava, porque eu sentia que estava perdendo tempo. Aquela gente resignada não tinha espírito de luta, tampouco capacidade de sofrimento. Talvez fosse uma tremenda ilusão pensar que aquele povo pudesse se transformar num exército de verdade.

As tropas do governo apertavam o cerco. Tivemos de planejar nossa retirada. Sairíamos do acampamento em dupla, dia sim, dia não. Cada dupla numa direção diferente. Depois de um mês nos reuniríamos num lugar combinado, o Lago das Pedrinhas, que é como chamávamos este lugar, por causa destas rochas com formato de gente e flor e destes seixos nas margens.

Eu me evadi na companhia de um guerrilheiro chamado Bento. Fomos os primeiros a deixar o acampamento numa tarde de domingo. Seguimos para um casebre abandonado perto do rio, onde, semanas antes, havíamos construído um depósito subterrâneo de comida, munição e remédio. Ali permanecemos muitos dias.

Bento começou a apresentar febre muito forte. Parecia recidiva de malária. Já não havia mais quinino em nosso depósito. Bento resolveu se arriscar e procurar ajuda no posto de saúde de Pirilampo, onde o enfermeiro Manoel costumava desviar medicamento para nós. "Vou me tratar, Selene, e me encontro com você e com os outros, daqui a duas semanas, no Lago das Pedrinhas", me disse.

Fiquei sozinha naquele casebre. Sem notícias. Durante muitos dias. Não sei quantos. Não havia calendários. Eu me guiava pelos dias que amanheciam e pelas noites que chegavam. Jamais poderia saber que as tropas do governo haviam atacado nosso acampamento. E que Bento havia sido preso antes mesmo de chegar a Pirilampo. Sem forças para resistir ao interrogatório, Bento contou tudo o que sabia. Um grupo de soldados veio para cá, em busca de mim, trazendo como guia o Raimundo, que tinha se bandeado para o lado deles.

No meio de uma manhã de sol, eu vim me encontrar com Bento. Estava angustiada pela falta de notícias. O encontro no Lago das Pedrinhas havia sido a última coisa combinada. Cheguei aqui com um revólver na cintura, muito assustada, sem ver ninguém. Quase fui embora. Mas resolvi esperar um pouco. Sentei-me nas margens deste lago e esperei. Já ia me levantando para seguir meu caminho, por volta do meio-dia, quando avistei dois camponeses, cada um carregando terçado, as cabeças descobertas, o andar lento. Segurei o revólver com firmeza, me aprumei toda, mas afrouxei a guarda quando vi que um deles era o Raimundo. Repus o revólver na cintura, sem desconfiar de nada, nem mesmo quando o Raimundo levou a mão à cabeça, várias vezes, como se estivesse arrependido de me trair e quisesse me avisar da emboscada. Já era tarde para qualquer aviso. O homem que estava mais perto do Raimundo saiu correndo em minha direção, gritando: "Selene! Selene! Nós te pegamos!"; e, nisso, de repente, saíram da mata os outros que haviam montado o cerco. Todos com as armas prontas para atirar. Queriam a minha rendição. Acuada, fui recuando para o lago, com as mãos para o alto, só dizendo em completo pânico: "Minha Nossa Senhora! Minha Nossa Senhora! e agora, Minha Nossa Senhora?". Apontei o revólver na direção deles e disparei. Mas não ouvi o som dos disparos de minha arma. Escutei somente os tiros de fuzil, muitos tiros, mas não senti nada no corpo, nenhuma ardência, nada mesmo, nem o gosto da morte. Meu corpo voou para trás, eu só senti a brisa morna no rosto ao cair no lago e afundar nestas águas. Enquanto eu desaparecia nestas funduras, eu escutava as vozes dos homens lá em cima – "vamos mergulhar, temos de levar o corpo como prova de que pegamos a Selene!" – e não sentia mais nada, salvo um entorpecimento incomum.

Eu me lembrava, naqueles instantes, das histórias que o povo daqui contava sobre encantaria, e fiquei com medo de ser transformada em bicho do fundo do lago, uma cobra, um peixe, meu Deus do céu, então continuei a rezar, "minha Nossa Senhora, minha Nossa Senhora não me encante em bicho do fundo do lago", e pouco a pouco as vozes dos homens foram sumindo, e também os meus medos desapareceram, e tudo enfim ficou bem quieto.

Naquela hora, me lembrei de você, mamãe, de suas rezas, e sua voz chegou até a mim. Escutava suas palavras: "Nossa Senhora, proteja minha filha de qualquer mal, da morte cruel". E acho que a senhora foi ouvida por Deus, mãe, e por isso Deus me transformou numa encantada da floresta, não permitindo que eu virasse bicho do fundo das águas. Sou como gente viva, apenas fiquei invisível. Ando pelas mesmas picadas, ajudo no que posso as famílias necessitadas, acalmo as almas penadas dos guerrilheiros que ainda se sentem vivos na mata e não aceitam que já morreram faz tempo.

Foi isso o que me aconteceu. Agora, só lhes peço que me perdoem por toda a tristeza que lhes causei. Eu só queria fazer uma revolução e criar o novo homem. Por isso inventei aquela história de ir ao cinema e faltei ao jantar que você preparou para mim, mamãe. Mas descobri que não há o novo homem. O homem é o mesmo que sempre foi e para sempre será – o tipo imperfeito, incoerente, mortal, apenas humano, isso que só pode ser o que é e não pode ser outra coisa.

— E seu corpo, minha filha?

— Por que reclama meu corpo, mamãe?

— Queríamos lhe dar um enterro, minha filha – disse o professor Zenildo.

— Só os mortos são enterrados, papai.

— Mas o que acontece com o corpo de quem é encantado?

— Tão difícil explicar, papai.

— Então, não explique nada, minha filha – resignou-se dona Gabriela.

— Falam que os soldados resgataram meu corpo das águas e me sepultaram como indigente. É o que eles pensam haver feito. Jamais saberiam explicar um encantamento. Quem é encantado, não morre; torna-se invisível aos olhos humanos sem passar pela morte. Para ser encantado, é preciso que outros encantados se agradem da pessoa e a levem para o fundo dos rios, dos lagos e dos mares, ou mesmo para as cidades subterrâneas, ou para as florestas, ou até mesmo para as esferas celestiais. Os mortos vão para o Hades, mas os encantados, não.

— Quem a encantou, minha filha? – indagou o professor.

— Pai, foi Hécate quem me encantou, sob a permissão de Deus!

Todos nos voltamos para Ana Agar. Seu olhar era sereno. Faltava contar a última parte da história. O desfecho do encantamento.

***

Antes mesmo das palavras de Ana Agar, escutamos os rumores dos pássaros, os uivos dos lobos. Era Xangô chegando com Kaobi e muitos flecheiros.

— É hora de eu partir, meu poeta – disse Ana Agar.

— Partir? Não entendo. Por quê?

— Vou cumprir o pacto com Elohim. Graças a você, não estou mais presa à maldição da imortalidade. Mas não posso ficar no mundo. Ainda pertenço às esferas invisíveis. Preciso ir para as estrelas longínquas. Estaremos separados por algum tempo, meu amor. Mas só por algum tempo. E todas as vezes que você escrever um poema, eu me manifestarei em suas palavras. Estarei presente. Mesmo que o mundo não me veja. Acredite em mim. Serei seu pensamento, seu sentimento, sua presença de vida mais doce.

— Terei de morrer pra que a gente se reencontre?

— Nada de morte. Será encantado também.

— Encantado de quê?

— Dona Rute vai lhe mostrar. Espere por mim. Nas noites de lua-cheia, ilumine os caminhos para que eu chegue até os seus braços. Agora, preciso ir. Xangô, Kaobi e os flecheiros me chamam.

— Que eles estão fazendo aqui?

— Vieram por mim e por Ártemis. Xangô vai me levar para as estrelas de Elohim. E Kaobi levará Ártemis para a claridade do luar. A brava filha do professor Zenildo e dona Gabriela será minha substituta na tarefa de cuidar dos humanos.

Ali estava Ártemis. Agora, magnífica com uma coroa de diamantes, destemida como na época em que, armada de revólver e ideias de revolucionar o mundo, havia se despedido dos pais, numa patriotada adolescente, com a mentira de que iria ao cinema e voltaria logo para o jantar. A guerrilheira assumia agora o lugar de Hécate. Não mais como insurgente sem rosto, sem paradeiro, sem atestado de óbito, mas como heroína no comando das falanges de amazonas, cavalgando uma onça, pronta para sobrepujar os tiranos e proteger os humildes. Chamou suas princesas e onças, seguiu o índio da pena dourada e foi percorrer o vasto mundo.

Ana Agar disse que precisava seguir Xangô. Era preciso cumprir o pacto com Elohim. E assim aconteceu. Que posso dizer? As palavras têm um limite. Não há como descrever a brutalidade da separação. Ana Agar se afastou pela trilha que dava na montanha. E, pouco tempo depois, escutei os rumores do céu, o bater de asas de condores, que sustentavam Ana Agar e a levavam, no raiar da manhã, para algumas dessas constelações que se situam muito além do horizonte e do alcance dos olhos humanos, na vastidão do insondável, nos labirintos enigmáticos do divino. Gradativamente, todos se desmancharam no esplendor da aurora, transfigurados de matizes de sol.

Fiquei olhando o céu. Longo tempo. Quando eu veria novamente Ana Agar? Nem percebi a chegada da negra magrinha, que me perguntou:

— Jorge Canto, está olhando o quê?

Voltei-me para a voz. Era dona Rute, a Senhora da Faca de Ferro, a mulher do poente que dava passagem e vez à divindade dos ventos. O professor Zenildo e dona Gabriela se acercaram a ela. Precisava-se finalizar o último encantamento. Dona Rute apontou a faca de ferro para o céu ensolarado. Um clarão se intensificou na manhã.

— Vim apenas por um pouquinho, Jorge Canto. Depois iremos todos embora. Você, eu, o professor Zenildo, a dona Gabriela. Esfregue mais uma vez seu anel de rubi. É hora de se encantar, rapaz!

Assim o fiz. Esfreguei intensamente o anel de rubi. A claridade da manhã se refletiu na faca de ferro e se voltou para mim. Atravessou-me o peito. A princípio, foi como sentir um tiquinho de dor na carne e nos ossos, mas, gradualmente, essa sensação deu lugar ao alívio. Dona Rute riu disso; na luz solar intensa, meu corpo se desmanchou em alma, e esta se juntou ao vento, e vento e alma se mesclaram com fragrância de jasmim. Ainda rindo, dona Rute, acompanhada de Zenildo e Gabriela, me chamou para viajar no fluxo da ventania, que é diferente do que se concebe como sendo a morte. Levitei e pude assim cumprir os sonhos antigos de menino, o de fazer a viagem alegórica da liberdade, os voos sem destino dos pássaros. Esse foi o milagre do poente: escurecer o dia para dar à manhã o sentido do predomínio das luzes sobre as trevas. Eu não teria mais de caminhar no rumo do poente. Agora era a vez de fazer o trajeto pelo avesso: ir ao encontro do nascente, da gênese, do princípio.

***

Finitude e infinitude são apenas aparências, concepções teóricas e equivocadas. O que existe e tem sentido está entre a aurora e a sombra. O resto é ambiguidade, lorota. Este é o discernimento definitivo que conservo da existência. Considero-me, pois, livre dos remorsos e delitos. Em mim feneceu o clamor das culpas, a vergonha dos pecados. Experimento sossego depois de muitos séculos nas brumas da melancolia. Graças a Ana Agar, que me retirou das ruelas medievais e dos esconderijos da noite. Já não sou algo oculto; agora, faço parte da luz.

Estou certo de que um dia Ana Agar vai regressar para repartir comigo esta casa tão modesta entre as estrelas, sobre este morro de vegetação rala, de onde se pode avistar no horizonte tanto as cidades humanas quanto os céus profundos e vastos. Enquanto isso, cultivo hortênsias e avencas e acendo fogueiras para clarear as trilhas, em caso de ela chegar numa noite de lua-nova. E contemplo esta imensidão de céu que não cabe dentro dos meus olhos e onde todas as constelações são absorvidas tal qual bolinhas de gude utilizadas por Deus numa brincadeira inocente de criança. É preciso mesmo um pouco da clarividência dos santos e da insensatez dos homens apaixonados para perceber-se a mulher amada na silhueta de uma estrela cadente.

Aqui, entre crisântemos e avencas, inspiro-me no silêncio e nas memórias. Ainda me atordoam as lembranças cruéis dos tempos em que, seguindo a pista dos exércitos medievais – rastros de sangue, gritaria de mulheres violadas, solidão de crianças perdidas –, eu vasculhava o mundo em busca de uma mulher dilacerada nas guerras. Felizmente, esses pesadelos duram pouco e vão escasseando. Daqui a pouco não haverá mais aflição no torpor do sono. Definitivamente, a amargura perdeu o seu esplendor.

Este é o milagre deste conto de fadas: depois de haver dançado a música do harpista, recuperei o pretexto de viver, a paciência de esperar. Estou certo de que, qualquer madrugada dessas, quando a estrela cadente cruzar o céu e me surpreender entre as flores da varanda, vou enfim rever Ana Agar...

Epílogo

Parou de chover. O rádio está ligado. A calmaria regressa à cidade. É o que dizem as notícias. Daqui a pouco vou ligar a TV. Esfrego meus olhos. Dormi tanto. Estou zonzo. Preciso me levantar. Sinto fome. A casa está tão silenciosa. À cabeceira da cama, inúmeros livros das reprisadas leituras dos últimos tempos. Mitologia de todos os lugares e épocas. Tenho lido incessantemente sobre a vida quando esta era do jeito simples de um mito arcaico. Ainda acabo em desvario de tanto ler essas coisas. Há quem adoeceu de ler exageradamente romances de Cavalaria e, por isso, inventou o Quixote e seus moinhos de ventos. Enlouquecerei também com esses relatos mitológicos?

Agora escuto ruídos na casa. Hora do café da manhã. Dona Rute me chama lá da cozinha. Digo que já vou. Eu me levanto e vou ao banheiro. Escovo os dentes, lavo o rosto, troco de roupa. Sinto com prazer o cheiro forte de café. Cantarolo. O professor Zenildo e dona Gabriela me dão bom dia. Olho-os com sentimento de reverência e gratidão. São meus pais adotivos. Que me adotaram e me retiraram daquela vida prosmíscua na rua. Que me trouxeram para cá e me deram a chance de viver. Que sempre me amaram do mesmo jeito que um dia amaram a filha, Ártemis, perdida na guerra civil. Ele é quase cego, dependente dos óculos escuros e do seu oftalmologista de tantos anos. Ela é triste, às vezes precisa de remédios contra a depressão; nunca se recuperou inteiramente da perda da filha.

— Leia para ele o que saiu hoje no jornal, Gabriela! – diz o professor Zenildo.

— Está bem, Zenildo – aquiesce dona Gabriela.

— O que saiu no jornal? – indago.

— Escute apenas – sussurra dona Rute.

****

A Comissão de Familiares de Mortos e Desaparecidos anunciou ontem a identificação, por amostras de DNA, da ossada da guerrilheira Ártemis Barroso, mais conhecida como "Selene", da Frente Libertadora Nacional. Como já foi fartamente noticiado na imprensa, trata-se da guerrilheira morta em combate contra as forças governamentais em área rural, enterrada no Cemitério Nossa Senhora do Amparo. Segundo algumas versões, Ártemis Barroso, enterrada com o nome falso de Selene Machado, não havendo seus restos mortais sido reclamados pela família nos prazos estabelecidos em lei, teve o corpo exumado e transferido para o ossuário do cemitério. Outras versões, entretanto, dão conta de que ela foi enterrada como indigente e somente agora, com as escavações conduzidas pelas equipes forenses encarregadas dos trabalhos da Comissão, pôde se chegar aos seus restos mortais e à sua identificação. Foram utilizadas amostras genéticas dos seus pais, Zenildo e Gabriela Barroso.

***

Meu olhar percorre a casa. Retratos de Ártemis em todos os recintos. Fotos em preto e branco. Uma moça sorridente. Uma sonhadora corajosa. Contemplo suas fotografias e deixo meu olhar se estender para além das janelas. Faz uma bela manhã de sol. Volto a olhar os retratos de Ártemis. E dentro de mim ela se aconchega como inspiração muito aguardada. Penso nesta moça a quem nunca vi pessoalmente. Penso em sua guerra trágica. Ela aparece toda inteira numa epifania de encantados. E assim escrevi esta fábula, como testemunho da vida de uma mulher notável.

... E, por certo, ainda virão outras fábulas, muitas fábulas sobre Ana Agar!

Fim

Rio de Janeiro, *Corpus Christi*, 1993; Petrópolis, RJ, *Corpus Christi*, 2003; Petrópolis, RJ, inverno do ano de 2015.

OUTROS LIVROS ESCRITOS POR HUMBERTO B. LEAL

Romance Dia Santo

Premiado pela Academia Brasileira de Letras, em 1988, com o Prêmio Osvaldo Orico, o romance foi publicado em setembro de 1992, em primeira edição e de forma independente pelo autor, com prefácio de **Rachel de Queiroz**. Acolhido, em sua estreia, como romance magnífico, logo teve uma segunda edição publicada pela editora Maltese. Dez anos mais tarde, por sua reconhecida qualidade literária, ganhou terceira edição, por meio da editora Catedral das Letras e editora Zeus. Em 2016, a Novo Século traz a público sua quarta edição, revisada pelo autor.

Romance ambientado na Amazônia, atemporal, que começa pela descoberta de uma pepita de ouro na cabeceira de um rio e se desenvolve entre Manaus e a fictícia Maciriguei. A narrativa conduz o leitor pelo universo das lendas amazônicas e dos conflitos sociais, extrapolando o meramente folclórico e exótico, para retratar um painel de acontecimentos trágicos que, por vezes, chegam a uma crueldade típica da Amazônia dos desbravadores. Ao se referir a **Dia Santo**, a escritora **Rachel de Queiroz**, em 1992, descreveu **Humberto B. Leal** como o portador de uma bela mensagem, rica de talento e força criativa.

Romance Tomé Mayruna

Publicado em 2002, em coedição da editora Catedral das Letras e Zeus, este romance de **Humberto B. Leal** se ambienta na fictícia Vila de Marupiara, na Amazônia brasileira. O enredo mescla a realidade amazônica visível, com suas questões políticas e sociais, e o universo místico carregado de símbolos cristãos e pagãos. Em sua narrativa, o autor, primeiramente, compõe uma estrutura simbólica com os mitos amazônicos, as crendices populares, o cristianismo e o sincretismo religioso, para, em seguida e dentro dela, desenvolver uma história de imensa crueza, na qual ele descreve as lutas pela terra, os confrontos armados entre fazendeiros e indígenas, as questões amorosas, o papel da polícia e da Justiça, a força e a fragilidade dos personagens imbricados em intermináveis conflitos.

A Novo Século republica esta verdadeira saga amazônica, situada entre o ciclo da borracha e o final do século XX, exuberantemente conduzida pela narrativa de **Humberto B. Leal**.

Águas Mornas: Prosa e Verso

Lançado em 2003, **Águas Mornas** foi revisado e reescrito entre 2004 e 2015, adquirindo conteúdo com vários textos inéditos, sendo o livro composto por quinze crônicas, quatro contos e trinta poemas.

As crônicas tratam da vida subjetiva do homem contemporâneo em sua errância pelo cotidiano. Os textos se sustentam como expressão da memória e, por vezes, especulações que beiram a abordagem filosófica, sempre no tom poético que caracteriza a escrita de **Humberto B. Leal**. Os contos, por sua vez, ora exprimem conteúdo erótico, como em **Miragem**, **Flertes** e **Nina**; ora, o cotidiano de uma comunidade da periferia urbana em **Esmeralda**. Os poemas focalizam temas diversos, passando por temas amorosos, guerras e questões metafísicas.

Vida Birrenta: Contos

Vida Birrenta é o quinto livro de **Humberto B. Leal**. Que a Novo Século publica em 2016. Composto por nove contos. Ambientado no Brasil e em outras partes da América Latina. O protagonista é o homem latino-americano contemporâneo, em reflexão sobre o cotidiano violento da atualidade, a solidão das grandes cidades, as ditaduras e insurgências da segunda metade do século XX, o desespero do indivíduo em sua crise de identidade.

Alguns contos compõem uma arqueologia literária do outrora revolucionário. Outros se inserem na subjetividade do personagem urbano, que constata com pesar o desaparecimento da cidade antiga, derrotada pelo progresso e pela metrópole das redes sociais, multidões e violência urbana. A tonalidade poética da narrativa de **Humberto B. Leal** transfigura a realidade de crueza na palavra criadora.